ボルヘス・コレクション

ボルヘス・コレクション

論議

J・L・ボルヘス

牛島信明＝訳

Discusión

Jorge Luis Borges

国書刊行会

装幀　柳川貴代

論議＊目次

作品を印刷に付さないことの弊害は、人生がそれを繰り返していくということである。

アルフォンソ・レイエス
『ゴンゴラ的問題』六〇

序文

この本に収められた作品については、ことさら解題の必要はない。「語りの技法と魔術」、「フィルム」そして「現実の措定」は同様の問題意識に答えるものであって、いずれも同じ結論に達していると思う。「われわれの不可能性」は一部の人が指摘したような、論難の粗野な試みではなく、これはそれほど輝やかしいものではないわれわれアルゼンチン人の、いくつかの特徴に対する痛ましくも控え目な報告なのである。[1]「異端思想家バシレイデスの擁護」と「カバラの擁護」は、時代錯誤を承知のうえでの文章である――困難な過去を回復しようというのではなく、過去とかかわり、さまよっているのだ。「地獄の継続期間」は神学上の難問に対する私の疑い深い執拗な愛好を表明している。私は「現実の最後から二番目ヴァージョン」においても同じことを言っている。もしこの本からどれかを削除するとしたら、まず候補にあがるのは「ポール・グルーサック」ということになろう。「もうひとりのホイットマン」と題された小論は、彼のことを論じる際に私が常に覚えるあの昂揚を意識的に避けている。ただ、ホイットマンの数多くの修辞的発明、マラルメやスウィンバーンのそれよりも美しい、そして確かに、より多くの模倣者を生んだ修辞的発明をもっと強調できなかったのが心残りでならない。「アキレスと亀の果てしなき競争」は、このテーマにまつわる情報の集積以上の価値を要求するものではない。「ホメーロスの翻訳」は、古代ギリシャ語の心もとない研究者としての私の最初の――もうこれに類するものは出てこないと思うが――成果である。

私の生活には生と死が欠けていた。この欠如ゆえに、私はここに見られるようなテーマに心を惹かれ、こだわり続けてきたのだ。冒頭に置いたエピグラフの弁解が、私にとって有効であるのかどうか、私には分からない。

ブエノスアイレス　一九三二年

〔1〕　このエッセーは、今ではとても脆弱に思われるので、この度の再版には入っていない。（一九五五年版の註）〔本訳書では巻末に収録〕

ガウチョ詩*

『夜曲』のひとつを描くのにどれほどの時間を要したかと訊《き》かれたホイッスラー*が、「全生涯」と答えたというのは有名な話だ。なんなら彼はもっと精確に、それを描きあげた瞬間に先立つすべての世紀を要したと答えることもできたであろう。このように因果律を厳密に適用すれば、この世のいかに些細な出来事も気の遠くなるような宇宙を前提とするし、また逆に、宇宙はこのうえなく些細な出来事を必要としている。従って、ある現象の原因、たとえそれがガウチョ文学のごとき単純な現象の原因であろうと、それを究明することは際限のない営為となる。ここでは私が不可欠とみなす二つの原因について言及するにとどめておこう。

私より先にこの作業をした人たちは、みな唯ひとつの原因——山地とパンパの典型的な形態としての牧歌的生活——に限っていた。疑いもなく、修辞的敷衍《ふえん》や絵画的な脱線にとってはうってつけのこの原因は、不十分なものである。というのも、牧歌的生活は、モンタナやオレゴンからチリに至るまでのアメリカの多くの地域において典型的な生活であったにもかかわらず、それらの地は今日まで頑《かたく》なに『ガウチョ、マルティン・フィエロ』*を生み出すことを拒んできたからである。それゆえ、気性の荒い牧夫と荒野だけでは十分ではない。**カウボーイ**は、ウィル・ジェイムズの資料に裏付けられた書物や絶えず製作される映画にもかかわらず、アメリカ合衆国の文学においては中西部《ミドル・ウエスト》の農夫や南部の黒人ほど重きをなしてはいないのだ……。ガウチョ文学をその素材たるガウチョだけから派生させるのは、よく知られている事実を歪《ゆが》めることになる誤りである。このジャンルの形成にとってパンパや山地に劣らず重要なのは、ブエノスアイレスやモンテビデオの都市的性格であった。独立戦争やブラジルとの戦争、さらには無政府主義的な内乱を介して、都市の教養ある者たちがガウチョと接触を持ち、互いに意思の疎通をはかる必要が生じた。こうした状況における二つの生の形態の融合、および、一方が他方にかき立てた驚嘆からガウチョ文学が生まれ出たのである。ファン・クルス・バレーラ*やフランシスコ・アクーニャ・デ・フィゲローア*に対し、ガウチョ文学を創始しなかったこと、あるいは実践しなかったことを非難したところで（そうしている者も若干いないわけではないが）、それは詮無い、馬鹿げたことである。彼らの書いた頌詩や古典の注釈に見られるような教養、つまり人間性があったればこそ、マルティン・フィエロ*がその半世紀後、国境地帯のある居酒屋《プルペリーア》で黒人を殺すことになったのだから。芸術とはかくも大きな広がりを持つ端倪《たんげい》すべからざるものであり、その営みはかくも隠微なのである。ガウチョ文学がガウチョの手になるものではないがゆえに、真実味を欠いた作り物であるといって難詰するのは、衒学的であると同時に笑止なことでもあろう。にもかかわらず、このジャンルの開拓者で、同世代の、あるいは次世代の文学者によって、その虚偽性を一度も指弾されなかった者はいない。例えば、ルゴーネス*にとっては、《アニセート》ことアスカスビ*は、「えせ哲学者とおどけ者が同居している哀れな悪魔」。またビセンテ・ロッシにとっては、『ファウスト』*の主人公たちは「ずる賢くて、おしゃべりな二人の百姓」であって、ビスカチャ*は「年老いた偏執狂的な農場労働者」、さらにフィエロは「髭をたくわえ腰布《チリパ》をまいた、オリーベ*党で連邦主義者の僧侶」ということになる。もちろん上記のような定義は、単なる気まぐれな痛罵にすぎない。彼らの存在を遠くから、ゆるやかに正当化しているのは、文学に現われたすべてのガウチョ（文学上のすべての人物）は、なんらかの意味において、それを創り出した文学者自身であるという考え方である。シェイクスピアの主人公はシェイクスピアから独立していると、これまで繰り返し指摘されてきた。しかしながらバーナード・シヨーによれば、『マクベス』は、暗殺者としての、そして魔女の顧客としての、近代の文人の悲劇である」……。書物に描かれたガウチョの信憑性に関して言えば、おそらく、われわれのほとんどすべてにとって、ガウチョがひとつの理念的な、典型的な対象であることが問題となろう。そこからジレンマが生じる。つまり、もし作者の提示するガウチョ像がその典型にぴったり合致するものであれば、われわれはそれを手垢にまみれた月並みなものと見なしてしまう。しかし、逆に典型から大きく乖離していると、われわれは愚弄され、欺《あざむ》かれたかのような気持になるのだ。先に行ってわれわれは、ガウチョ詩のすべての主人公のなかで、マルティン・フィエロが最も個性的であり、伝統的典型から最も遠い存在であることを認めるであろう。芸術というものは常に個的であること、具体的であることを選ぶ。芸術は観念的《プラトニコ》ではないのだ。

それではこれから順次、ガウチョ文学の詩人たちをとりあげることにしよう。

この分野の創始者、つまりアダムは、モンテビテオの人、バルトロメ・イダルゴ*である。一八一〇年の時点で彼が理髪師であったという事実は、批評家たちの興味をそそったようである。彼に対してひどく辛辣であったルゴーネスは、「髭剃り屋《ラパバルバス》」という言葉を書きつけているし、彼のことを称賛していたローハス*でさえ、「床屋《ラピスタ》」と呼ぶ誘惑に抗しかねている。しかしローハスは、一筆でもって彼をガウチョの吟遊詩人《パヤドール》にしてしまい、彼の外見を想像力豊かに、詳細にわたって、高揚した調子で描いている――「ステッチだらけのズボンの上に腰布《チリパ》を巻き、ガウチョの騎手にふさわしい履《は》き古した長靴《ボタ》に拍車をつけ、黒っぽいシャツの胸元を大きくあけて、パンパを吹き渡る風でそれをふくらませ、幅広帽子《チャンベルゴ》のつばを額の上に大きくあげているその姿は、まるで四六時中、生れ故郷の大地を駆けまわっているようだ。そして髭もじゃのその顔は、無限と栄光がいかなるものかを知り抜いたかのような目によって気高さを与えられている。」しかし、こうした気ままな図像学的描写より、私にとってはるかに記憶に値すると思われる状況が二つあるが、これまたローハスによって書きとめられたものである。すなわち、まずイダルゴが兵士であったという事実、それから、彼が人夫頭のハシント・チャーノやガウチョのラモン・コントレーラス*を創造する以前から、ソネットや十一音節の頌詩をたくさん作っていた――吟遊詩人《パヤドール》にしてはごく稀な素養――という事実である。カルロス・ロスロは、イダルゴの田園詩は「彼を模倣することによって頭角を現わした詩人たちの誰によっても凌駕されてはいない」と判断している。私はそうは思わない。私の考えはその反対で、イダルゴはもはや多くの詩人によって乗り越えられ、彼の『対話』は今では忘却の淵に臨《のぞ》んでいると思う。と同時に、彼の逆説的な名声は、彼を凌駕した広汎にわたる多くの後裔のなかに在ると思う。イダルルゴは他者のなかで生き続けており、イダルゴはある意味では他者なのである。語り手としてのささやかな経験を介して私は、登場人物がどのような話し方をするかが分かれば、それはすなわちその人物の人間性を知ることであり、また、イントネーションや声音や独特のシンタックスを見つけることは、ひとつの運命を発見することに等しいということを確認してきた。バルトロメ・イダルゴはガウチョたちの語調を見出したわけであり、このことは大変な功績なのである。私はここに彼の詩句を引用することはしない。そうすれば必ずやわれわれは、より高名な彼の後継者たちの詩句を規範として仰ぐことにより、彼のそれを批判するという時代錯誤に陥るであろうから。私としては、これから聞くことになる他の作者のメロディのなかに、イダルゴの控え目で秘《ひそ》やかな、しかし不滅の声が響いていることを指摘するだけで十分である。

イダルゴは一八二三年ごろ、ブエノスアイレスのモロン地区において、肺炎でひっそりと息をひきとった。一八四一年ごろになって、コルドバ人のイラリオ・アスカスビが、モンテビデオにおいて、驚くほど多くのペンネーム*を用いながらガウチョ詩を発表し始めた。後世はイダルゴに対して好意的でなかっただけでなく、正当ですらなかった。

アスカスビは、生前は《ラ・プラタ川のベランジェ*》であり、死後は確たる根拠もなく、ホセ・エルナンデスの先駆者と見なされた。容易に見てとれるように、これらの定義は両方とも、ただ単にアスカスビを他人の運命の――すでに時間においても空間においても錯誤である――粗雑な草稿に変えただけのことである。とは言え、同時代のフランス人に擬せられた前者はそれほど悪くはない。その名付け親は、アスカスビという詩人の端的なイメージを見損なってはいないし、またベランジェがいかなるフランス人であったか、十分に認識していたと思われる。現在では二人とも、人びとの口の端に掛からなくなってしまった。民衆詩人としてのベランジェの栄光はすっかり陰ってしまったが、それでも『ブリタニカ百科事典』にはまだ三段が割かれており、そこには他ならぬスティーヴンソンが署名しているのだ。ところがアスカスビときたら……。ところで二つ目の定義、つまり『マルティン・フィエロ』の前兆、あるいは予告として彼を見なすそれは分別を欠いている。両者の類似はまったく偶然のものであって、その作意には似たところなど少しもない。しかし、そうした誤った位置づけを導くことになった契機は、それなりに興味なしとしない。アスカスビの一八七二年に上梓された初版本*が絶版となり、一九〇〇年の版も稀《き》覯《こう》本となって手に入りにくくなると、出版社《アルゼンチン文化》は大衆に彼の作品のどれかを提供しようとした。そして、その長さと生真面目さという二つの理由から『サントス・ベーガ』*が選ばれたのであるが、これは一万三千行に及ぶ、容易に全体像を見渡すことのできない作品、何度挑戦しても、いつも後回しにされる書物なのである。うんざりして、手にしていた本をおっぽり出した人びとは、称賛すべき無能の慇懃《いんぎん》な同義語たる、先駆者という評価に訴えざるを得なかった。アスカスビをエスタニスラーオ・デル・カンポ*の先駆者と見なすことには、後者がみずから前者の弟子をもって任じているのであってみれば、何の疑義もない。それは明々白々の事実である。ところが、ホセ・エルナンデスとまで類縁関係を認めてしまったのだ。こうすると、ちょっと厄介な問題が生じる。これは後ほど論じることにするが、双方がたまたま同じテーマを扱っている僅かなページ——草原での夜明けの描写やインディオの襲撃の描写——における先駆者の優越という問題である。この矛盾に留意した論者はいない。ただ、全体的に見てアスカスビの方が劣っているという明証にとどまって、そこから出ようとしなかったのだ。(私はこう書きながら、いささか自責の念にかられている。実を言えば、私もそうした迂闊な人間の一人であって、自著『審問』において、アスカスビについて益体もない見解を表明してしまったからである*。)それにもかかわらず、ちょっと考えてみれば、部分的には、頻繁にアスカスビの方が優れていることは容易に予見できたであろう。もっとも、二人の詩人の作意が明かされていることがその前提になるが。それでは、エルナンデスの意図はいかなるものであったのか？それはただひとつ、マルティン・フィエロの運命を主人公本人の口を介して物語ることである。われわれが事実のなかに入りこむことはなく、われわれが面と向かうのは、その事実を語るガウチョのマルティン・フィエロのみである。エルナンデスの文体的特徴が地方色の稀薄さ、あるいはその排除にあるのは、ここに由来する。彼は事が起こっているのが昼か夜かを、あるいは馬の毛色を特定するようなことはしない。これはアルゼンチンのガウチョ文学における一種の気どりであって、イギリス文学が、イギリス人のパンパともいえる海を舞台とする文学において、艤装品や航路や操舵の様子などを詳述するのと好一対をなしている。エルナンデスが現実を黙過するというわけではない。ただそれを主人公の性格の表出との関連においてのみ言及するのである。(同じことを、みずからの海洋文学においてジョーゼフ・コンラッドがやっている。)従って、彼の物語詩において必ずや頻繁に行なわれているはずの踊りの様子が描写されることはない。それに対してアスカスビは、踊りそのものを直截的にとらえ、その場のさまざまな体の戯れを提示しようとする(『パウリーノ・ルセーロ』*二〇四ページ)——

それから彼はダンスに女友達の
フアナ・ロサをひっぱり出すと
いっしょになって体を動かし

メディア・カーニャ*を踊り始めた。
おお　愛《う》い女《やつ》！　彼女の尻は
体から切り離されているようだ
彼女が踊りにのめりこみ
腰を激しくくねらせる度に
彼女を眺めるルセーロの目から
尻の半分が消えて無くなったから。

また次のような十行詩はどうだろう、まるで新たなトランプ遊びのような趣《おもむき》があるではないか（『アニセート・エル・ガーリョ』*一七六ページ）——

ほら　ブエノスアイレスの華で
パンパの生んだ美貌のピラールが
メディア・カーニャを踊っている
あの見事な踊りっぷり　傲然たる
誇らかな優雅さときたらどうだ

言い寄るガウチョに洟《はな》もかけない。
ポンチョを脱ごうともしない男は
手を腰にあてたままの体勢で
彼女に向かって声をかける——
わが魂よ！　俺はあらくれ《コンパドリート》だぜ。

また、『マルティン・フィエロ』におけるインディオの襲撃にまつわる情報を、アスカスビのそれ、いかにも卑近なその描写と照合するのは示唆的である。エルナンデス（『マルティン・フィエロの帰郷』第四歌）が、インディオの非道な略奪に対するフィエロの義憤に満ちた恐怖を強調しているのに対し、アスカスビ（『サントス・ベーガ』XIII）はまず、インディオたちが押し寄せて来た道中の様子を際立たせる——

しかしインディオの襲撃には
前触れがある　まず爬虫類が
驚き慌てふためきながら
野の果てに向けて逃げ出し

次いで　インディオの群れに
追い立てられるようにして
野生の犬　狐　駝鳥　ピューマ
鹿　野兎　ファロー鹿などが
恐慌状態におちいりながら
村々を突っ切って行くのだ。

すると羊の番犬は尻尾をふり
歯をむき出して動きまわる
と同時にナンベイタゲリも
鳴きながらどっと舞いあがる
しかし　パンパを進撃している
インディオの新たな来襲を
誰よりも確実にまず告知するのは
これは間違いのないところだが
チャハー！　チャハー！　と

叫び飛びまわるサケビドリ。

野蛮なインディオに追い立てられ
動物の巣穴が抜け殻になると
大平原にまるで大雲のような
砂ぼこりがもくもくと立ちあがる
そのなかに狂乱状態のパンパを
そっくりおさめた砂の煙があがる
そして馬の上にうつぶせになって
全速力で進んだインディオ軍は
けたたましい鬨《とき》の声をあげながら
半円形の隊伍をなして突撃する。

またしても光景の生き生きとした描写であり、光景を眺める快楽である。私の見るところ、こうした傾向のなかにアスカスビの特異性があるのであって、オジュエラ*やローハスが強調しているような、《統一派*》を支持する政治的憤怒といった美徳のなかにではない。

ローハス（『作品集』IX、六七一ページ）は、アスカスビの粗野なガウチョ詩がドン・ファン・マヌエル*の裡《うち》に不快感をかきたてたに違いないと想像し、それからさらに、モンテビテオの柵に囲まれた広場におけるフロレンシオ・バレーラ*の暗殺にまで想いを広げている。しかしこの場合、ローハスの想像は的はずれである。日刊誌「エル・コメルシオ・デル・プラタ」の創刊者にして編集長でもあったバレーラは国際的にも名の知れた大立て者であった。それに対してアスカスビは生涯をガウチョ詩の歌い手《パヤドール》として通し、限られた範囲での馴染みの詩行を、時として生き生きと、あるいはゆったりと即興で作っていただけの男なのだから。

アスカスビは抗争状態にあったモンテビデオで、のどかに憎悪を歌ったといえる。ユウエナーリス*の facit indignatio versum（憤怒が詩を書かせる）という言葉が、彼の文体を説明しているわけではない。なるほど彼は、この上ないほど辛辣な物言いをする。しかし、その罵詈《ばり》雑言《ぞうごん》は大胆ではあっても、どことなく気楽であって、言ってみれば、それは彼にとって愉快な娯楽であり、挑発の喜びなのである。このことは、一八四九年に書かれた詩の十行一連だけでも十分に垣間見ることができよう（『パウリーノ・ルセーロ』三三六ページ）——

私のパトロン殿　ここに私の
文彩を尽くした手紙を差しあげ
こうすることによって当地から
再興者殿*にご返事申しあげます。
閣下がこの手紙をお読みになれば
その最後に至って見出すでしょう
彼の地においても善良な市民が
吹き出さざるを得ないことを——
ドン・フアン・マヌエルもまた
実を言えばガウチョの出なり。

しかしアスカスビは正真正銘のガウチョであるこのローサスに対して、まるで軍隊の隊形移動をするかのように、踊り手を動員する。「自由な人間のための田舎のメディア・カーニャ」と題された詩の冒頭の部分が、繰り返し響き、何度も踊られることになるのだ——

十年にわたって誰ひとり
鞍をつけることのなかった悍馬*を
ドン・フルートス*がカガンチャで
　抑えつけ
　乗りまわしては
　したたかな一撃をくらわせた
それはそれは見事なやつを。
わが恋人よ　ウルグアイの兵士を愛せよ
彼らこそ巧みな業で悍馬を馴らしたのだから。
リベーラ将軍万歳！　ラバーリェ将軍*万歳！
ローサスをしっかり押さえておくのだ
失神して倒れないように……
　さあ野原で
メディア・カーニャを踊ろう
心ゆくまで
とことん踊るのだ。

さあ、バダーナ*のいるエントレリーオス州へ行こう
このメディア・カーニャを踊るために
そこではラバーリェがバイオリンを弾いている
そしてドン・フルートスは最後まで踊るだろう。
　カガンチャの者たちは
　いかなる戦場においても
　体内に悪魔を秘めている。

ついでに、戦闘の至福とでもいうべき次の詩行を引き写しておこう（『パウリーノ・ルセーロ』五八ページ）――

なんという激昂した天国
時として戦場は美しいもの
人間が銃弾を味わおうとして
うごめき回っている戦場は。

華やかな粋がり、鮮やかな色彩に対する好み、それに細やかな対象に向けられた目、これらがアスカスビを規定する要素である。例えば、『サントス・ベーガ』の出だしの部分

彼は明るい栗毛の若馬に
まるで骰子《さいころ》のように綺麗な駿馬に
鞍もつけずに乗っていたが
そのほっそりとした脚の
軽やかな動きときたら
ほとんど大地に触れていなかった。

また、ある人物に対するこのような言及(『アニセート・エル・ガーリョ』一四七ページ)

ほら　五月二十五日*の
真実の祖国の旗を

振りまわしている
ガーリョの姿を見てごらん。

アスカスビは「ラ・レファローサ*」という詩において、斬首を目《ま》のあたりにした時の人びとの恐慌状態を描出している。しかし時代という明らかな理由のおかげで、一九一四年の大戦のユニークな文学的創造という時代錯誤を犯すことは免かれた。この創造――逆説的ながら、まずラドヤード・キプリングが前奏をかなで、それからシェリフ*によって感動的に、またベストセラー作家となったレマルクにより、ジャーナリストの執拗さでもって達成された創造――は、一八五〇年代の作家たちにとってはいまだ縁遠いものであった。

アスカスビはイトゥサインゴーで戦い、モンテビデオの塹壕を防御し、セペーダの戦闘にも参加した。そしてその体験を見事な詩句に書き留めている。彼の詩行には『マルティン・フィエロ』に見られるような、運命の連鎖といったものはない。あるのは行動の男たち、絶えず冒険の主人であって、決して萎縮した精神の持ち主ではない男たち特有の、厳しくも屈託のない無邪気さである。またそこにあるのは、彼らの好もしい伝法さであるが、彼らの運命があらくれ《コンバドリート》の豪放なギターと野営地の焚き火のなかにあるのであってみれば、それもむべなるかなである。さらに言えば、(上記のあらくれの美意識と関連する、いかにも大衆的な長所として）発音が楽な点をあげることができる――彼の平易な詩句はただ一種の抑揚だけで間に合うのだから。

アスカスビの数多くのペンネームのうち、最も有名なのは《アニセート・エル・ガーリョ》であろう。と同時に、おそらく最も無粋な名前でもあろうが。*アスカスビの弟子であったエスタニスラーオ・デル・カンポは師の真似をして、《アナスタシオ・エル・ポーリョ》というペンネームをつけた。そしてこの名前は、『ファウスト』という、あまりにも有名な作品と密接に結びついている。大成功を収めた、幸運なこのガウチョ詩が書かれた契機はよく知られている。グルーサック*はそのあたりを、彼の発言にいつもつきまとう、ある種の不信の念を隠すことなく、次のように述べている――

「地方政府の高級官僚であったエスタニスラーオ・デル・カンポは、一八六六年の八月に、ブエノスアイレスのコロン劇場でグノーのオペラ『ファウスト』が上演されるのを観た時、すでに、たいして注目されることはなかったものの、さまざまな韻律を駆使した多くの詩作を試みている詩人であった。こういう経歴があったればこそカンポは、劇場の天井桟敷の観客のなかにガウチョのアナスタシオの姿があり、オペラを観た彼がガウチョ仲間にその印象を語り、幻想的な舞台の場面に対して自分なりの解釈を施すといった作品の構想を抱くことができたのである。そして、梗概にざっと目を通しただけでも、パロディはなかなか面白く仕上っているので、私自身『アルゼンチン評論』に寄せた一文で、オペラの総譜をギター用に書き換えたその手並みを褒めたことを覚えている……。この作品の成功の背景には、以下のような諸々の条件が重なっていたようである。当時、ブエノスアイレスで上演されるようになったばかりのオペラの異常な人気。ファウスト博士と悪魔との《契約《パクト》》にまつわる滑稽な一面がパロディ化されることにより、*このガウチョ詩はゲーテの劇詩をとび越えて、中世の民衆的起原にまで遡《さかのぼ》ることになっている点。四行詩《レドンディーリャ》の単調な反復、および感傷的なトレモロと大量の洒落《しゃれ》との巧みな融合。畢竟《ひっきょう》するところ、クリオジスモ*が勝利を収めていたあの時代に、砂糖を入れないマテ茶の風味を帯びたガウチョの対話、そこにおいてパンパの息子たちが思う存分にはね回っているガウチョの対話を、よしんば必ずしも現実を反映するような具合にではないにしても、少なくとも詩作品のなかに収めることによって、それまで五十年間の不毛の文学を〝定型化した《コンベンシオナリサード》〟のである。」

ここまでは、グルーサックの言葉である。この博学な作家が日常的に、南アメリカの人間を軽蔑することをおのれの責務と考えていたことを知らぬ者はいない。エスタニスラーオ・デル・カンポの場合には(上の発言のすぐあとで彼のことを「机上のパヤドール」と呼んでいるのだが)、彼のいつもの軽蔑に一種の中傷、あるいは少なくとも、事実の黙過を付け加えている。つまり、カンポを官僚とだけ規定しておいて、あとは念の入ったことに、彼がブエノスアイレスの包囲戦で、セペーダの戦いで、パボンの戦いで、そして七四年の革命において勇敢に戦ったことをすべて忘れているのだ。《統一派》であった私の祖父の一人は、カンポと共に戦った仲間であったが、カンポが第一種軍装《ウニフォルメ・デ・ガラ》で戦闘に参加し、軍帽に右手をあてて、パボンでの最初の銃弾に向かって敬礼していたと、よく口にしては懐しがっていた。

『ファウスト』はこれまで様々な評価にさらされてきた。ガウチョ詩の作家たちに対して決して好意的とは言えなかったカリスト・オジュエラは、それでもこれを珠玉の作品と見なした。『ファウスト』は、いわば中世の叙事詩のように、印刷を必要としない類の物語詩である。というのも、多くの人びとの記憶のなかで、とりわけ、女性の記憶のなかで生き続けるからである。このことは非難を意味しない。男よりも女に好まれる作家にも、揺るぎのない大作家――マルセル・プルースト、D・H・ローレンス、ヴァージニア・ウルフ――はいるからである……。『ファウスト』を悪く言う者たちは、ここには無知が、つまり、事実に反する点があるとして難詰する。主人公の乗馬の毛色さえ詮索され、とがめられる始末である。一八九六年には、ラファエル・エルナンデス（かのホセ・エルナンデスの弟）がこう指摘している――「その駿馬は赤味がかった葦毛となっているが、端的に言って、そんな毛色の駿馬にお目にかかることはまずないし、またそんな馬を手に入れるのは三色の毛をした猫を見つけるのと同じほど大変なことであろう。」さらに一九一六年にはルゴーネスが断言している――「クリオージョ*の騎手、しかもこの主人公のような気《き》っ風《ぷ》のいい粋なクリオージョは決して赤味がかった葦毛の馬などに乗りはしない。そうした毛色の馬は常にさげすまれ、農園で桶を運ぶのが、あるいは使い走りの若者たちの乗馬となるのが彼らの運命なのだ。」また、冒頭の有名な十行詩の最後の二行も槍玉にあがっている――

　仔馬に轡《くつわ》をかませて抑えつけ
　月にまで連れていくことができる

ラファエル・エルナンデスは、仔馬にかませるのは馬銜《はみ》であって轡ではないと注意した上で、轡をかませて馬を抑えつけるなどということは、「真のクリオージョの騎士のすることではなく、怒り狂ったグリンゴ*にこそふさわしい行為だ」と付け加えている。ルゴーネスもこの意見を確認し、ほとんどそのまま書き写している――「ガウチョで、自分の馬に轡をかませ、手綱を引きしめるような者はいない。それは荷車の雌馬を御して得意になっている虚勢を張ったグリンゴにこそふさわしい、クリオージョ精神の蹂躙である。」

私は自分がそうしたひなびた議論に立ち入る資格を欠いていることを公言しておく。ここで指弾されているエスニスラーオ・デル・カンポよりはるかに無知だからである。しかし私は、あえてこの点だけは告白したい。つまり、より正統的なガウチョ連が赤味がかった葦毛をいくら軽蔑しようとも、あの一行、

赤味がかった葦毛に乗って

というあの一行は、私にとって相変わらず神秘的な喜びであり続けている。さらにまた、粗野な田舎者がオペラを理解でき、その粗筋を語るというのもおかしい、という批判がなされてきた。しかし、そのような批判をした者は、すべて芸術というものが約束事《コンベンシオ》を前提とする《ナル》ものであるということを忘れている。マルティン・フィエロの伝記的な、即興《パヤーダ》の歌もまたそうである。

諸々の情勢は移行し、出来事は過ぎ去り、馬の毛色に精通した人たちの博識もまた消え去っていく。移り変らないもの、おそらく尽きることのないものは、幸福と友情を感得することにおける悦びである。文学においても、われわれの肉体と運命が織りなすこの現実

世界に劣らず頻繁に見られるはずのこの悦びこそ、私の考えでは、詩の価値の中心をなしている。これまで多くの評者が、『ファウスト』における、パンパの夜明けや夕暮れの描写を称賛してきた。しかし私の見るところ、背景が枠組として前もって語られるのは、その詩の真実味を損なうことになっていると思う。肝要なのは会話であり、会話を介してほの見える、すっきりとした友情である。『ファウスト』はアルゼンチンの現実に属しているのではない。それは――タンゴやトルーコ*やイリゴージェン*のように――アルゼンチンの神話に属しているのである。

エスタニスラーオ・デル・カンポよりもアスカスビに近く、アスカスビよりもエルナンデスに近い詩人、それが私がこれから論じようとするアントニオ・ルシッチ*である。私の知る限り、彼の作品に対する言及はたった二つしか存在せず、いずれもほんの断片的なものである。そのうちのひとつの全体をここに書きとめるが、これだけで私の興味をかき立てるのには十分であった。それはルゴーネスのものであり、『エル・パヤドール*』の一八九ページに見られる。

「ドン・アントニオ・ルシッチは、エルナンデスによって絶賛された『ウルグアイの三人のガウチョ』という本を書きあげたばかりであった。ここには三人のガウチョが登場し、彼らが**アパリシオの戦い***と呼ばれたウルグアイ革命について語るという結構をとっているが、どうやらこの本は、エルナンデスに時宜を得た刺激を与えたようだ。エルナンデスは送呈されたこの作品によって、素晴らしい発想を得たからである。ルシッチ氏の作品は、ブエノスアイレスの出版社《トゥリブーナ》によって一八七二年六月十四日に上梓された。エルナンデスがこの本の送呈に対して謝意を表しつつ、ルシッチを称賛した手紙の日付は、同年同月の二十日である。そして『マルティン・フィエロ』はその半年後、つまり十二月に発表されている。軽快にして、おおむね田舎者の言葉遣いや特徴に適応したルシッチ氏の韻文は、四行詩と十行詩、それにエルナンデスが『マルティン・フィエロ』の詩行の典型的なものとして採用することになる六行詩からなっている。」

この賛辞は注目に値する。とりわけ、ルゴーネスの国粋主義的な意図が『マルティン・フィエロ』を称揚することにあり、彼がバルトロメ・イダルゴ、アスカスビ、エスタニスラーオ・デル・カンポ、リカルド・グティエレス、*そしてエチェベリーア*といった詩人たちを無条件にこきおろしたことに思いを致《いた》せば、この感はいっそう強くなる。

ルシッチに対するもうひとつの論評は、ルゴーネスのそれと較べるとひどく短い、控え目なものであって、カルロス・ロスロ著『ウルグアイ文学批評史』、第二巻の二四二ページに見られるものである――「ルシッチの詩の女神《ムーサ》はあまりにもだらしない格好をしていて、散文性の牢獄に住んでいる。従って、その描写は光輝と絵画的な多彩の美を欠いている。」

ルシッチの作品にまつわる最大の興味は、それがその直後に現われる『マルティン・フィエロ』の紛《まご》うことなき先駆であるという事実である。ルシッチのガウチョ詩は、たしかに散発的にではあるが、『マルティン・フィエロ』の弁別的特徴というものを予告している。もっともエルナンデスの描写がその特徴に、先行するテクストにはほとんど見られない、断然たる生彩を与えていることもまた確かではあるが。

ルシッチの『ウルグアイの三人のガウチョ』も最初のうちは、『マルティン・フィエロ』の予告というよりはむしろ、ラモン・コントレーラスとチャーノ*の会話の繰り返しといった趣がある。砂糖抜きのマテ茶をすすりながら、三人の老兵がそれぞれ自分が立てた戦場での手柄を物語る。これはそれまでのガウチョ詩の常套的なパターンである。ところが、ルシッチの人物はそうした歴史的情報だけにとどまることなく、自伝的な要素をふんだんに持ちこむ。頻繁に見られるそうした個人的な、そして悲哀のこもった脱線、イダルゴやアスカスビには見られなかったそうした余談こそが、すでにその口調においても、事実においても、さらには他ならぬ語彙においても、『マルティン・フィエロ』を予示しているのである。

私は引用を多目にしようと思うが、それはルシッチの作品が、読者にとっては事実上未刊と同じ状態にあるということを確認しえたからである。
それではまず手始めに、挑発の様子を示している十行詩を三連ほどあげてみよう――

俺はお尋ね者《マトレーロ》と呼ばれている男
お上の剣《カターナ》から逃げ出したんでね
だってあの起床ラッパときたら
耳に響いて耐えられなかったんだ。
俺はパンパを吹き渡る風のように
いつでも自由奔放に生きてきた
だって母親の腹から出て来た時
俺は自由な身だったんだから
もうこれ以上犬に追い立てられずに
自分の運命をまっとうするのさ……

俺のナイフには立派な刃があり

その背にはこのような文字が
刻んである――「俺が現われると
人は怖気をふるって姿を隠す
俺が気をゆるめるのは唯ただ
自分の運命を自由にした時だけ」
ナイフがあれば俺はいつでも強く
ライオンのように居丈高であった
胸が怯えて震えることもなければ
死に対して恐れを抱くこともない。

俺はとびきりの投縄の名手で
巧みに嬉々としてそれを扱う
球戯《ボーラス》の腕前の確かさときたら
技能というよりは芸術さね。
槍を頭上で振り回すことにかけては
俺にかなう奴などどこにもいないし

俺の男っぷりはもはや噂の種
俺の度胸　腕力　勇気を示すため
いやはや！　猛きナイフが人を殺《や》る。

次にあげる二、三の例は、ルシッチとエルナンデスの間に直接的な、あるいは推測上の対応の見られるものである。
ルシッチはこう言う——

俺は羊と土地と家を　さらに
馬と家畜の囲い場を手に入れた
俺の幸福は本物だった　なのに
今日俺の手綱が切れてしまった！

畑地も羊の群も安らぎの暖炉も
争乱と共に消し飛んでしまった
おまけに古い差し掛け小屋まで

俺の留守の間に倒れたとのこと！

戦争がすべてを食い尽くしたのだ
俺の以前の姿の痕跡といえば
俺がふたたび郷里《くに》に戻って
見出すものでしかなかろう。

エルナンデスはこう言うだろう――

かつて俺は郷里《くに》に
妻子と家畜を持っていた
だが　戦いの苦しみが始まり
俺は国境地域に送られた
郷里《くに》はどうなったことだろう！
帰った俺が見たのは廃墟《タペーラ》のみ。

ルシッチは言う――

俺はすべての馬具を持ち出した
きらびやかな金環のついた轡《くつわ》
真新しくてしなやかに長い
組紐で丹精こめられた手綱
きれいに鞣《なめ》された牛革製の
鞍下に置く厚手の敷物《カローナ》
さらに馬具一式のなかに
ずっしりと重い毛布まで加え
戦闘向きではない白銀の鞍を
躊躇することなく駿馬につけた。

俺は財布の紐を何度も緩めた
しみったれは大嫌いだったから。
俺はラシャ地の　踝《くるぶし》まで届く

大きなポンチョを羽織っていた
そして体の骨のあたるところには
馬鹿でかいクッションをあてた
俺は飢えや寒さを免かれて
苦難を通り抜けたかったのだ
身に着けているものからは
錆びついたボタン一つ失わずに。

俺のとびきり上等の拍車
銀糸飾りの施された鞭
豪勢なナイフに見事な投げ縄
馬の脚枷《あしかせ》に頭絡《とうらく》なども持ち出した。
俺は腰帯のなかに銀貨を
大枚十ペソしのばせた
好きな時に博奕《ばくち》をするためである
何しろ俺はトランプに目がないし

それに勝負をするとなりゃ
俺は決して半端《はんぱ》じゃないから。

馬の目隠し　端綱《はづな》　胸懸《むながい》　鐙《あぶみ》
そして鞍橋《くらばね》といった馬具には
ウルグアイ軍の紋章の
浮出し飾りが施されている。
俺はこれまであれほど粋で
華やかな馬の姿を見たことがない
ああ　駿馬のなかの駿馬！
まるで輝く太陽のようだった
俺は想い出すことさえしたくない！
砕け散ってしまうのが恐いから。

俺は陽光のように軽やかな
颯爽とした馬に跨がった

何という名馬！　乱戦の中でも
ひときわ精彩を放っていた！
その馬体は騎手を元気づけ
ひづめに付けられた蹄鉄は
丘を越えて駆けおりる時
月光のような輝きを発していた。
そんな馬の背に跨がった俺は
心底《しんそこ》誇らしい気持になっていた。

エルナンデスならこう言うだろう——

俺は黒葦毛の逸物を連れていた
おお　抜群の悪魔がかった奴よ！
俺はそれに乗ってアヤクーチョ*で
坊さんたちより多くの金《かね》を稼いだ。
常にガウチョはいざという時に

頼りになる馬を必要とするのだ。

俺は時を移さず馬に積みこんだ
自分が所有する諸々の物
鞍敷やポンチョをはじめ
家にあるものすべてを持ち出した。
だが　俺の女はその日
半裸のまま置き去りにした。

俺には革紐一本欠けてはいなかった
あの機会に俺はすべてを投げうった
——端綱《はづな》　つなぎ縄　引き手綱
投げ縄《ラソ》に投げ玉《ボーラス》　馬の脚枷
今の俺の貧窮ぶりを知る者は
おそらく信じられないだろう！

ルシッチは言う——

その懐に俺を抱きこんでくれる
丘なり山なりがあるはずだ
野獣が巣くっているところに
人もまた潜みうるのだから。

エルナンデスはこう言うだろう——

日が暮れて夜になると
俺はねぐらを探しに行った
山猫が棲んでいる処なら
人間だって夜を過ごせるし
民家のあるところで警察隊に
とり囲まれるのが嫌だったから。

一八七二年の十月か十一月の時点において、エルナンデスの耳にはまだ、同じ年の六月に友人のルシッチから献呈された詩の余韻が残っていたことが、ここから見てとれる。さらにまたエルナンデスの文体の簡潔さや、彼の意図的な純朴さといったものも見てとれるであろう。マルティン・フィエロが、「子供たち、妻、家畜」と列挙したり、あるいは自分の手柄に言及したあとで――

今の俺の貧窮ぶりを知る者は
おそらく信じられないだろう！

と叫ぶ時、作者のエルナンデスは、都会の読者たちがこうした単純さを喜ぶに違いないことを知っているのだ。より率直な、あるいは軽率なルシッチは、決してこうした書き方はしない。彼の文学的情熱は異なる次元のものであり、大抵の場合、『ファウスト』の危険な感傷性の模倣に陥っている――

かつて俺は甘松香《ナルド》を手に入れ
丹精こめて手入れしたので

その清らかな芳香はいつまでも
少くとも一カ月は続いた。

ところが僅か一時間の放擲により
葉は一枚残らず枯れてしまった
ああ！　過去の幸福の幻もまた
このように葉を落としてしまう。

『ウルグアイの三人のガウチョ』の続篇たる、一八七三年出版の『逃亡者ルシアーノ・サントス』になると、そうした模倣と同時に、前年に発表された『マルティン・フィエロ』の模写ともいうべき詩句が交錯するようになるが、それはまるで、ドン・アントニオ・ルシッチがエルナンデスに対する自分の権利を主張しているかのようである。

これ以上の照合は必要あるまい。上に挙げた引用だけで、次の結論を導くのに十分であろうと思う――ルシッチの会話はエルナンデスの決定的な作品の草稿、いまだ冗慢で生気を欠いた偶発的な、しかし予兆的な、そしてふんだんに利用されることになった草稿である。

私はやっと最高の作品である『マルティン・フィエロ』に到達した。

私の見るところ、アルゼンチンの本でこれほど多くの無駄な論評を誘発した本は他になかろうと思う。われらの『マルティン・フィエロ』にまつわる錯誤は、三種類の過剰からなっている——迎合的な感嘆、際限のない粗雑な称賛、それに歴史的な、あるいは言語学的な逸脱の三つである。まず第一のそれは伝統的なもので、新聞に載る短評や大衆版に寄せた読者の手紙に見られる好意に満ちた無知がその典型である。そして、多くの著名人も追随者として名を連ねている。みずからが褒め称えている対象の価値の無意識的軽減者である彼らは、例外なく『マルティン・フィエロ』における修辞の欠如を賛美する。彼らにとっては、修辞という用語はとりもなおさず欠陥のある修辞を意味しており、それはちょうど倒壊、瓦解《がかい》そして野ざらしを意味するために建築物という言葉を使うようなものである。彼らは本というものが文芸《レトラス》に属することなく存在し得ると想像している。つまり彼らは『マルティン・フィエロ』を、芸術に対立するもの、学殖に抗するものとして有難がっているのだ。彼らによる批評活動の全体は、ローハスの次のような言葉に要約されるであろう——「鳩の鳴き声が恋愛牧歌《マドリガル》ではないからといって、あるいは風の歌が頌詩ではないからといって拒絶されるいわれはない。同様に、この色鮮かなガウチョ詩は、その粗野な形式と純朴な背景を考慮に入れて、自然の本然的な声と見なされるべきであろう。」

二番目の過大な称賛という錯誤が今日までに成し遂げてきたのは、まずガウチョ詩の《先駆者たち》を無益に犠牲にすること、それから『マルティン・フィエロ』を無理やり『わがシッドの歌』*やダンテの『神曲』に比肩させようとすること、この二つだけであった。最初の方の営為に関しては、すでにアスカスビ大佐を取りあげた際に論じておいた。二番目については、古い時代の叙事詩に見られるいささかいびつな、あるいはしっくりこない詩句を調べあげる――あたかも過誤における類似が立証に役立つとでも言わんばかりに――という方法が頑なに踏襲されていることを指摘しておくだけでよしとしよう。それはそれとして、こうした骨の折れる操作はすべて、ある種の迷信に由来している。つまり、一定の文学ジャンル（この場合は叙事詩）は、他のジャンルにも増して形式が重要であるという前提があるのだ。『マルティン・フィエロ』は叙事詩であらねばならぬという純真にして奇矯な立場を取る者たちは、一八七〇年の一人のナイフ使いの行状のなかに、よしんば象徴的な形においてであれ祖国の歴史を、つまり代々の人びとの生活、彼らの追放劇、苦悩、トゥクマンやイトゥサインゴーでの戦いなどからなる祖国の歴史を閉じ込めようとしてきたのである。すでにオジュエラは（『イスパノアメリカ詞華集』第三巻、註）そのような**企み**を粉砕している――「端的に言えば、『マルティン・フィエロ』のテーマは**国民的**

でもなければ、ましてや人種的なものでもなく、また、いかなる意味においても、民族としての、あるいは政治的に形成された国家としてのわれわれの起原と関連するものではない。そこで扱われているのは、**前世紀の最後の三分の一における**あるガウチョの痛ましい人生の浮沈、すなわち、わが国のローカルな、そして一時的な存在であるガウチョが、それを破滅に追いやらんとする社会体制に直面し、いままさに衰頽から消滅に向かわんとしている時期にあって、主人公自身によって語られた、あるいは歌われた一人のガウチョの身の上話なのである。」

三番目の錯誤は、前の二つに較べてより楽しい誘惑を伴っている。例えば、微妙な誤りを犯しながら、『マルティン・フィエロ』はパンパの提示であると主張するのである。ところが実を言えば、われわれ都会の人間にとっては、大平原は段階的な発見、可能な体験の連なりとしてしか提示され得ないのだ。それがパンパの見習い修業小説とでもいうべき、ハドソン*の『紫の大地』(一八八五年)やグイラルデス*の『ドン・セグンド・ソンブラ』(一九二六年)の手法であって、その主人公は徐々にパンパと一体化していく。しかし、エルナンデスはこの手法をとらない。彼は意識的に、パンパとパンパにおける日常的習慣を前提としており、それらを詳細に描くことなど決してしない――あるガウチョが他のガウチョたちに向かって話す場合のごく自然な省略。もしかしたら、私に次の一連とそれに続く詩句をつきつけて反論する向きがあるかも知れない――

俺はそのガウチョの住んでいる
土地をよく知るようになった
そこに彼は自分の丸木小屋と
妻と子供たちを持っていた……
彼が日々をいかに過していたか
それを目にするのは悦びであった。

私の理解するところでは、ここの主題はわれわれが垣間見るかも知れないみじめな黄金時代ではない。それはむしろ話者の立場の低下であり、話者の現在の郷愁である。
　ローハスはこの詩の言語学的な研究において、ただひとつだけ未来に余地を残している――すなわちcantra《カントラ》あるいはcontramilla《コントラミーリャ》＊という語にまつわる気の滅入るような議論の余地であるが、これはわれわれの人生の相対的にはかない期間よりはむしろ、地獄の無窮の時間的連続にこそふさわしい議論であろう。こうした言語面もさることながら、全般にわたって、ローカル色が意図的に抑制されている点が『マルティン・フィエロ』の大きな特徴である。《先駆者》たちの使用語彙と較べてみると、エルナンデスのそれは田舎の言語の弁別的特徴を回避し、一般的で平易な言葉を求めているように思われる。私は子供の頃これを読んで、その平易さに驚いたことを今でも覚えている。そしてその言葉は、田舎のガウチョのというよりは、意気がった下町のクリオージョのそれのように思われたものだ。それに対して『ファウスト』は、私にとって田舎言葉の規範であった。草原の様子もいくらか分かるようになった現在では、居酒屋などにおける、控え目で素朴な農民に対する傲慢なあらくれたちの優越が、彼らの使用する語彙によるというよりはむしろ、彼らの日常的なはったりや威圧的な口調によるものであることは、はっきりと見てとれる。

　この詩を見誤らせているもうひとつの要素は諺である。諺という（ルゴーネスの断定的な評価によれば）残念な存在は、一再ならず、この本の本質的な部分をなすと見なされてきた。『マルティン・フィエロ』の倫理を、この本が提示する諸々の運命からではなく、話の流れを妨げるような先祖伝来の安っぽい決まり文句から、あるいはエピローグにならば役立ちそうな場違いの道徳観から導き出すことは、唯ただ伝統崇拝者のみが有難がる気晴らしであろう。私としてはそうしたお説教のなかに、直接的文体の表面的な本当らしさ、あるいは痕跡だけを認めたいと思う。受け継がれてきたお決まりの表現、あるいは諺の名目上の価値を信じていては、必ずや際限のない矛盾にさらされることになる。例えば、

『マルティン・フィエロ』第一部の第七歌に次のような四行詩《コプラ》が見られるが、これは伝統的にして典型的なガウチョの姿を示すものである――

俺はナイフの血を草で拭《ふ》き
繋いだ馬を解いてうち跨がると
悠揚迫らぬ足どりでその場を去り
くぼ地の隠れ処《が》へ引きあげた。

この忘れ難い、有名な場面をここに再現する必要はなかろう――マルティン・フィエロが義務感にかられて人を殺した後の場面である。その同じ彼が、後になってわれわれに次のような道義を示しているのだ――

とび散り流れる血潮のことは
死ぬまで忘れられはしない
まるで炎の滴さながらに
こちらの魂に突き刺さる血

あの修羅場のおぞましい印象は
容易なことでは消せはしない。

クリオージョの真の倫理は叙述のなかにある。つまり、流された血は忘れ難いものではあるが、人間は人を殺すものであると見なす倫理である。(英語には kill his man という言い回しがある。直訳すれば「自分の人を殺す」となるが、そこには「すべての人間を殺す義務のある人間を殺す」といった意味がこめられているのだ。)「わしの若い頃には殺人という罪を犯さないような奴はいなかった」と、ある日暮れどき、一人の老人が懐かしそうに話すのを聞いたことがある。私はまた、ある場末の男が私に、重々しい口調でこう言ったのを忘れることができない——「セニョール・ボルヘス、俺はこれから何度も監獄に入ることになるだろうが、それはいつでも人殺しのせいさね。」

かくして私は、『マルティン・フィエロ』にまつわる伝統的な付随物を取り除くことにより、この詩に対する直接的考察にたどり着いた。まずこの作品は、冒頭の詩句にはじまって、そのほとんどすべてが一人称体の語りからなっており、私はこの事実がきわめて重要であると思う。フィエロがみずからの生涯を物語るのであるが、彼が語るのは、一般に人間がすでにおのれの人格を確立している、十分に成熟した年齢以降のことであって、彼が人生を模索している若年期は描かれていない。このことはわれわれをいささか落胆させる。やっぱりわれわれは、幼年期の発見者たるディケンズを無駄に読んできたわけではなく、人間の性格が形成される過程を見るのを好むからである。できることなら、主人公がどのようにしてマルティン・フィエロになったのかを知りたいのだが……

それでは、エルナンデスのねらいはどこにあるのか？　マルティン・フィエロの半生を物語り、そうすることによって彼の性格を明かすことである。本のなかのエピソードは、どれもこれも証拠として役立つであろう。第二歌に見られる、おおむね現在よりは良かった**過ぎ去りし時代**は、主人公の感慨における真実であって、ローサスの時代の荒廃した農園生活の反映というわけではない。第七歌における黒人とのしたたかな決闘は、一般的な戦いの感覚や、ある出来事の記憶が呼びさます瞬間的な明暗に合致するものではなく、その戦いを語っているガウチョ、マルティン・フィエロの心象に呼応しているのだ。（しばしばリカルド・グイラルデスがギターを掻き鳴らしながらこの詩句を歌っているのを聞いたことがあるが、ギターの伴奏があると、作者の意図する侘しき肝魂《きもだま》が実によく際立つものだ。）この点は、どこを取り出しても裏付けることができる。二、三連引用するだけにとどめよう。まず最初は、次のようなある運命の総体的告知である――

いつも船のことばかり口にしていた
小柄なイタリア移民の捕虜がいた
そして彼が黒死病《ペステ》の元凶として
池に投げこまれ溺れ死んだ。
角膜の白くにごった仔馬のような
淡いブルーの目をした男であった。

幾多の悲惨な状況――おぞましくも無駄なその溺死、信憑性のある船の回想、はるばる大洋を無事に渡って来た者がパンパで溺死するという奇妙な巡りあわせ――を包含しているこの一連にあって最も効果的なのは、補足的に付け加えられた痛ましい回想の二行――「角膜の白くにごった仔馬のような／淡いブルーの目をした男であった」――で、この部分は、すでにある出来事を語り終えた者の脳裡に、記憶がまた新たなイメージを蘇らせた端的な場合であろう。

次にあげる詩行もまた、いたずらに一人称を用いているわけではない――

彼の傍でひざまずいて祈り

彼の霊魂をイエスにゆだねた。
俺の前から明かりが消えて
俺はひどい目まいに襲われた。
クルスが死んでいるのを見た時
俺は稲妻に打たれたように倒れた。

「クルスが死んでいるのを見た時」。フィエロはいわば心痛の恥じらいにより、自分の仲間の死を既定のこととして、すでに述べたかのようなふりをする。

現実のこのような措定は、この書物全体を貫く特徴であるように思われる。この主題は――繰り返し言うが――ある男の意識をよぎったすべての出来事の不可能な提示でもなければ、それらの中から記憶が救い出すごく僅かな歪んだ部分の提示でもない。そうではなくてガウチョの叙述、語ることによりみずからを曝《さら》け出す男の叙述である。こうした企画は二重の発明を内包することになる――エピソードの発明と主人公の感情のそれであり、後者の場合、その感情は回顧的であったり現時点のものであったりする。この揺れが、いくつかの細部の性格を曖昧なものにする。例えば、暗殺された黒人の妻を鞭打ちたいという誘惑が酩酊による蛮行なのか、それとも――われわれはこちらの方を好むが――絶望ゆえの錯乱なのか決めかねる。しかし動機がはっきりしないという事実が、その行為をよりリアルなものにする。この本の数々のエピソードを論じる際、私はそこに一定の理論や主張を持ち込むより、『マルティン・フィエロ』の細部にまで認めうる小説的性質という、確固たる信念を適用したいと思う。小説、すなわち本能的な、あるいは前もって熟慮された小説、それが『マルティン・フィエロ』である。そして小説こそ、この本がわれわれにもたらす悦びの種類を的確に伝えることのできる、そして年代からしても無理なく合致する唯一の定義である。その年代というのは、周知のように小説の世紀、すなわち、ドストエフスキー、ゾラ、バトラー、フロベール、ディケンズの世紀である。上に挙げたのは自他ともに認める大作家たちであるが、私はここにわれわれのクリオージョの名を、そして、これまた偶然と思い出に富んだ生涯を送ったもう一人のアメリカ人、親密であるがゆえにあまり名の挙がらない、『ハックルベリー・フィンの冒険』のマーク・トウェインの名を付け加えたいと思う。

私は『マルティン・フィエロ』が小説であると言った。すると、昔の叙事詩は小説の前兆的形態なのだと指摘する向きもあろう。なるほどその点は私も認めよう。しかしながら、エルナンデスの書物を、そうした原初的な範疇のなかに閉じこめることは、同一性を装う遊びのなかに作品の価値を虚しく埋没させてしまうことであり、検討のあらゆる可能性を放棄することである。叙事詩の法則——英雄詩にふさわしい韻律、神々の介入、政治的意味合いにおける主人公の特権的立場——は『マルティン・フィエロ』には当てはまらない。小説の条件なら、確かに当てはまる。

現実の最後から二番目のヴァージョン

つい最近、フランシスコ・ルイス・ベルナルデスがコージブスキー伯爵[*]の著作 *The Manhood of Humanity*（人類の壮年期）の存在論的な思索に対する熱意のこもった注釈を発表した。私はまだこの本を手にしていないので、ここではベルナルデスの簡潔な記述に従って、かの貴族の形而上学的な成果にまつわる一般的な考察をせざるをえない。もちろん私には、肯定的な機能を実に見事に果しているベルナルデスの散文を、私の懐疑的にして冗漫な散文と差し換えようなどという意図はまったくない。まず冒頭の要約を転記すればこうである――

「コージブスキーによれば、生には三つの次元がある。長さ、幅、深さの三つである。最初の次元は植物の生に対応する。二番目の次元は動物の生に属する。三番目の次元は人間の生に該当する。植物の生は長さにおける生である。動物の生は幅における生である。人間の生は深さにおける生である。」

ここで、ひとつ基本的な問題点を指摘することは許されるであろう。つまり、思索にではなく、単なる分類上の便宜に基づいた学識の疑わしさという点であり、例えば、慣習的な三つの次元というのもそれである。いま私は**慣習的な**と書いたが、それは件の三つの次元が、個別的であっては、どれひとつとして存在しないからである――常に量として現われるのであって、面や線だけで、また点だけで現われることは決してないのだ。ここでは、さらに寛大にして緩やかな言語使用のもと、植物―獣―人間といった有機体の慣習的な三つの範疇が、これに劣らず慣習的な空間の三つの範疇＝長さ―幅―深さ（この最後の概念は比喩的な意味における時間）を介して説明されている。しかし測り知れない、そして謎に満ちた現実を前にすると、このような人間に関する分類の二つを単純に対称させるだけでは、現実を解明するのに十分であるとは思えないし、それが算術の虚しいお遊びに堕してしまうのではないかとあやぶまれる。ベルナルデスの解説はこのように続く――

「植物の生命力は太陽に対する渇望によって定義される。これに対して、動物の生命力は空間に対する欲求によって定義される。前者は静的であり、後者は動的である。直接的創造物である草木の生的様式は純粋な静止である。そして、間接的な創造物である動物の生的様式は自由な運動である。

「植物の生命と動物の生命の本質的な差異は、ひとつの概念のなかにある。空間という概念である。つまり、植物が空間という概念を知らないのに対し、動物はそれを所有しているのだ。植物は、とコージブスキーは述べている。エネルギーを蓄えながら生き、動物は空間を積み重ねながら生きている。静的および移動的な、これら二つの存在の上位にある人間存在は、その優越的なオリジナリティを見せつけている。人間のこの至高のオリジナリティとは一体どこに在るのであろうか？　エネルギーを蓄える植物と空間を積み重ねる動物の、それぞれの隣人としての人間が時間を独占しているという点に在るのである。」

　世界を三つに分類するこの試みは、ルードルフ・シュタイナー*の四分法から派生したもの、あるいはそこから借り受けたもののように思われる。宇宙との一体感というものにより寛大なシュタイナーは、幾何学からではなく、博物学から出発し、そうすることによって人間のなかに非人間的生命の一種のカタログ、あるいは要約を見出している。まず彼は、鉱物のまったく活気のない単なる**存在**を死者のそれと対応させる。そして、植物のひっそりとした静かな**存在**を眠っている人間のそれと、さらに、ただ単に現時的であって忘却にさらされている動物の**存在**を、夢見る人間のそれと対応させている。（確かなこと、あさましいまでに確かなことは、われわれが最初の死者たちの永遠の遺体をずたずたに引き裂き、二番目の植物をむさぼり食ったりし、そこから花を盗み取ったりし、さらに最後の夢みる者たちを誹謗中傷しては悪夢へ突き落しているということである。われわれは一頭の馬が所有している、なけなしの僅かな時間――出口のない時間、蟻の大きさほどの、記憶にも希望にも広がることのない時間――にまで手を出し、その馬を馬車の轅《ながえ》のあいだに押しこみ、クリオージョの支配体制のもとに、つまり《聖なる連邦派》の支配下においてしまうのである。）ルードルフ・シュタイナー*によれば、上記の三階層の所有者が人間で、人間はかてて加えて自我を保持している。とはすなわち、過去の記憶と未来を予見する力、すなわち時間を所有しているのである。ここからも分かるように、人間だけが時間を持ち、未来を見る力のある歴史的存在であるという考えは、別にコージブスキーの独創というわけではない。動物は純粋な現時性、あるいは永遠性のなかに在って、時間の外に在るという、これまた素晴らしい示唆もまた、コージブスキーの新たな考えというわけではない。シュタイナーがそのことを教えているからである。ショーペンハウアーも『意志と表象としての世界』の第二巻に収められている死を扱った論文（謙虚にも章と呼んでいるが）において、絶えずそのことを措定している。モースナー（『哲学事典』第三巻、四三六ページ）は、アイロニーをこめて、次のような記述をしている[1]――「どうやら動物は時間のつながり、つまり継続というものを漠然と予感しているに過ぎないようである。それに対して人間は、それも新たな学派の心理学者ともなると、時間の流れのなかにあって、五百分の一秒によって分け隔てられている二つの印象を区別することさえできるのだ。」ブエノスアイレス大学で形而上学を講ずるガスパール・マルティンは、動物の、さらには幼児の非時間性は、広く認められた真実であると断言し、こう書いている――「時間の観念は動物には欠如している。そして、それが初めて現われたのは高度の文化を持つ人間においてである」（『時間』一九二四年）。それがショーペンハウアーに発したものか、あるいはモースナーや神智学の伝統に発したものかはさておいて、コージブスキーに至るまでの知的営為に関して確かに言えることは、瞬時的な宇宙を前にした人間の、持続的にして秩序立った意識のそうしたヴィジョンは、まったくもって雄大だということである。

ベルナルデスは解説をこのように続けている――「唯物論は人間に言った――空間でもって豊かになるのだ。かくして人間はその本来の仕事を忘れてしまった。時間を蓄積するという気高い仕事である。要するに、人間は目に見えるものの征服に、人びとや領土の征服に精を出したのである。このようにして進歩主義という迷妄が生まれ出た。そして、進歩主義の暗部を示す野蛮な結果として、帝国主義が生まれた。

「それゆえ、人間の生活に第三の次元を取り戻すことが必要である。それを深めることが肝要である。人類を、その理性的にして価値のある運命の方へ差し向けることが必要である。要するに、人間はふたたび、距離《レグア》の代わりに世紀を蓄積すべきなのだ。人生はより大きく広がる代わりに、もっと濃密になるべきなのだ。」

正直なところ、私は前段が理解できない。私の考えでは、空間と時間という二つの概念を確固たるものとして対立させることは錯誤である。とはいえ、私はこの誤謬の系譜が令名高きものであることをよく承知しており、そこに連なる著名な人物のなかにはかのスピノザ、みずからが唱える神性――**神すなわち自然**――に思惟《しい》（すなわち、意味のこもった時間）と延長（すなわち、空間）という二つの属性を与えたスピノザもいるのだ。しかし私は良き観念論にとって、空間というものは、時間の濃密な流れを構成する諸々の形態のひとつにすぎないと考えている。空間は時間のエピソードのひとつであり、形而上学の偉い先生方のあいだにおける自然な共通認識に反するかも知れないが、空間は時間のなかに位置しているのであって、その逆ではないのだ。別の言葉で言えばこうなろう――空間の関係（もっと上、右、左）は無数の個別化のひとつであって、連続ではない。

それはそれとして、空間を蓄積することは時間を蓄積することと対立するものではない――それは、他ならぬわれわれにとっての唯一の活動を実現する数々のやり方のひとつだからである。行政官のロバート・クライヴ*やウォレン・ヘイスティング*の、偶発的な、あるいは天才的な活躍に推進されてインドを征服したイギリス人は、ただ単に空間を蓄積しただけではなく、時間をも積み上げた。すなわち経験、夜の、昼の、荒野の、山の、都市の、狡智の、英雄的行為の、裏切りの、苦悩の、宿命の、死の、疫病の、猛獣の、至福感の、儀式の、宇宙生成論の、方言の、神々の、土着信仰の経験を蓄えたのである。

形而上学的な考察に戻ろう。空間とは時間における付随的なものであって、カントが決めつけたような、直観の普遍的な形態ではない。《存在》のなかにそれをまったく必要としない分野があり、嗅覚と聴覚の分野がそれだからである。ハーバート・スペンサーは、形而上学者たちの論理を批判的に検討することにおいて(『心理学原理』第七部第四章)空間の独立性を見事に論じ、さらに言葉を費してその点を強調するあまり、いささか滑稽な帰結を導いたものだ――「匂いや音が直観の形態として空間を持っていると考える者は、ただ、ある音の右側とか左側を探してみるだけで、あるいはまた、ある匂いの裏側を想像しようと努めるだけで、自分が陥っている誤謬に容易に気づくことであろう。」

ショーペンハウアーは、これほど奇矯な言辞を弄することなく、しかしもっと情熱をこめて、すでにこの真実を明らかにしていた。「音楽は」と、彼は書いている、「宇宙がそうであるのと同じほど直接的な、意志の客観化である」(前掲書、第一巻、第三書、第五十二章)。ここで措定されているのは、音楽は世界を必要としないということである。

私はこれら二人の卓越した仮定を私自身の想像によって補足してみたいと思うが、それは彼らの想像から派生したものであり、それらを平たく言おうとするものにすぎない。まず、人類全体が聴覚と嗅覚のみを介して現実を享受しているものと想像してみよう。こうして、視覚、触覚、味覚、およびこれらの感覚が規定していたところの空間が排除されたものと考えてみよう。さらにまた——論理を拡大して——残りの諸々の感覚が受けとめていたところに対する、ひとつのより鋭敏な知覚を想像してみよう。人類は——そうした破滅的状況ゆえに、いかにもグロテスクな存在となっているように思われるが——それでも、みずからの歴史を紡《つむ》ぎ続けるであろう。人類は、空間が存在したことを忘れてしまうであろう。そうした重さを欠いた闇と非肉体のなかに置かれた人生は、それでもやはり、われわれのそれと同じほど情熱的にして明確なものであろう。そうした仮定の人類（われわれに劣らず意志とやさしさに満ち、予知できないことに取りかこまれている人類）は、よく言われるように、自分の殻に閉じこもるというようなことはなかろう——彼らはあらゆる空間の外に在り、あらゆる空間を欠いているからである。

一九二八年

〔1〕 ここにセネカの名を付け加える必要があろう（『ルキリウス宛の書簡』124）。

読者の錯誤の倫理

わがアルゼンチン文学の貧困と魅力の欠如が、文体にまつわる迷信を、細部ばかりに注意を向ける散漫な読書を生み出してしまった。その迷信にとらわれた者は、文体というものを、あるページ全体がかもし出す効果の問題として考えるのではなく、作家が弄する表面的な技巧——比喩、耳ざわりのよい表現、目新しい句読法や統辞法——と見なすのである。彼らはみずからの美意識や感動に依拠することなく、(ミゲル・デ・ウナムーノ*の造語を借りれば)小手先の技巧《テクニケリーア》ばかり探し、それでもって、作品が彼らを喜ばす権利を有しているかどうかを判定しようとする。彼らは、形容詞の用法は重視されねばならないということを耳にすると、形容詞と名詞の結びつきに瞠目すべきところのない文章は、よしんば全体としての目的を達成していたにしても、悪文であると言い張る。簡潔は美徳であると聞かされた彼らは、短い文章をいくつもだらだらと並べる作家を簡潔な文体の持ち主と見なし、長い文章を駆使する人をそのようには見なさない。(短い文章による冗舌の、また過度な格言癖の典型的な例は、かの『ハムレット』に登場する名高きデンマークの政治家ポローニアスの言い回しに、あるいは現《うつ》し身のポローニアスとでもいうべきバルタサール・グラシアン*の言い回しに求めることができる。)また彼らは、一定の音節を間を置かずに繰り返すのは耳障りであると人が言うのを聞くと、なるほど散文では不快であっても、韻文の場合にはそれが格別な快感をもたらすものだ、などと言い放つが、私の考えでは、そのこともまた根拠を欠いている。要するに彼らは、書かれたもののメカニズムがもたらす効果に目を注ぐことなく、部分部分の配置の方にのみ気を奪われているのだ。彼らは感動を倫理に、というよりはむしろ、異論の余地がないと思われている規範に従属させている。そして、こうした規制があまりにも一般化してしまったので、今では言葉の本来の意味における素直な読者は存在しなくなり、あらゆる読者が潜在的な批評家になっている。

この迷信が広く蔓延するあまり、今では誰ひとりとして、自分が手にした作品に(それが古典である場合にはなおさらであるが)、文体が欠如していることなど認めようとしない。良き書物には必ず文体上の特質があるものであって、それなしで済ますことなど誰にも——その著者は別として——できない、というわけである。例えば、『ドン・キホーテ』

について考えてみよう。この小説が傑作であることは万人の認めるところであるが、この卓越性を前にしたスペインの批評界は、『ドン・キホーテ』の最大の（そして、おそらくは否定できない唯一の）価値が心理的なものであることを認めようとはせずに、作者の文体の天稟《てんぴん》を強調してきた。しかし、これを不可解に思う人は多くいるであろう。事実、『ドン・キホーテ』を数節読み直してみれば、セルバンテスが文体家（少なくとも、流麗な文章を綴る人という現在的な意味においては）ではなかったことを認めるに十分である。彼はドン・キホーテとサンチョの運命にあまりにも心を奪われていたので、おのれの声に、つまり文体にかまけている余裕はなかったのである。バルタサール・グラシアンはその著『精神の鋭さと機知の術』において、『グスマン・デ・アルファラーチェ』*をはじめとする、当時の数々の作品の散文を称賛しているが、ドン・キホーテのことは思い出そうともしなかった。ケベード*はドン・キホーテの死にまつわるふざけ半分の詩を書いただけで、彼のことなど忘れてしまった。たまたま、この二つの例が否定的であったにすぎないのでは、と反論する向きもあろう。しかしわれわれの時代では、例えばレオポルド・ルゴーネス*が次のような的確な判断を示している——「文体はセルバンテスの弱点であり、彼の影響力によってもたらされた被害には深刻なものがある。貧弱な色彩、不安定な構成、まるで昼顔のように伸び放題で、いつ終るとも知れぬ喘ぐようなパラグラフ。要するに均衡の欠如と反復、これらこそセルバンテス崇拝者の遺した遺産であり、彼らは、形式があってはじめてあの不滅の作品が崇高な実現を見たのだと信ずるあまり、そのごつごつした外皮のなかに得も言われぬ風味と魅力を秘めている殻をかじり続けたのである」（『イエズス会の帝国』一九〇四年、五九ページ）。また、われらのポール・グルーサック*もこう言っている――「もし事物があるがままに描写されねばならないということであれば、われわれは『ドン・キホーテ』のほとんど半分ほどが、きわめて杜撰にして弛《たる》んだ文章からなっていることを認めざるをえないし、そのことはセルバンテスの**貧弱な言葉**を攻撃する者たちの立場を十分に正当化するものである。ここで私が言わんとしているのは、ただ単に個々の言葉の不適切な使用とか、耐えがたい繰り返しや地口、さらにはうんざりするような大言壮語だけではなく、食後の会話にこそふさわしいような、あの概してしまりのない散文全体のことである」（『文学批評』四一ページ）。食後の散文、雄弁調ではない会話体の散文、それこそがセルバンテスの文章であって、彼はそれ以外の文体を必要としなかった。そして同じことが、ドストエフスキーについても、あるいはまたモンテーニュやサミュエル・バトラーについても言えるのではないかと思う。

こうした文体の虚栄は、さらに高ずると、よりいっそう痛ましい虚栄に陥り、完璧な文体を志向するようになる。詩作に手を染めた人間なら、たとえどんなに気まぐれなへぼ詩人であっても、自分のソネットを完璧なものにしようとして彫琢（彼らは日常的にこの言葉を口にするのだが）したことがあるはずである。自分たちの名を不滅なものにするであろうような、そして時代の新たな好尚や時間の腐食作用にも影響されないような、完璧なソネットを目指してである。それは本来的には、無駄な言葉のいっさいないソネットを意味するのであるが、実際には夾雑物の固まりとなって現われる。つまり、端的に言えば、それは残りかすであり、無用の長物なのである。永生に対する幻想（サー・トマス・ブラウン*『壺葬論』）は、フロベールの次のような御託宣によって表明され、支持されている――「修正は（言葉の最も卓越した意味において）、ちょうど冥府の川ステュクスの水がアキレウスの体に対してしたのと同じことを、思想に対してする。つまり、それを不壊《ふえ》、不死身にするのである」（『書簡集』第二巻、一九九ページ）。実に断定的な見解であるが、私はこれまで、このことを実証するような例にひとつも出くわしたことがない。（ここではステュクス川の水の強壮的効果については不問に付したい。そうした地獄のイメージは論拠とはなりえず、単なる強調にすぎないのだから。）いわゆる完全なページ、つまり、その中のただ一語を取り換えただけで全体が損なわれてしまうようなページは、むしろ最も不安定なものだ。単語の置換が文章の意味やニュアンスを掻き消してしまうからである。従って、《完璧》なページというのは、そうした頼りなくも脆弱な価値から成り立っており、いとも簡単に崩れ去ってしまうページの謂《いい》である。これとは逆に、不滅という使命をになったページは、いたずらな誤植や自由奔放な翻訳、さらには散漫な読書や人びとの無理解といった劫火をくぐり抜け、ひるむことなく試練を乗りこえることができる。ゴンゴラの詩は、ほんの一行でも変更を加えようものなら大変なことになると、彼のテクストの編者たちは異口同音に断言する。しかし『ドン・キホーテ』は出版後、多くの翻訳者たちとの戦いに勝利を収め、ありとあらゆる杜撰な翻訳にもかかわらず生き永らえている。この小説を一度もスペイン語で読むこともなければ聞いたこともなかったハイネは、これを永遠の書として称賛することができた。『ドン・キホーテ』のドイツやスカンディナビアやインドにおける幽霊の方が、文体家の精魂こめた言語的技巧より、はるかに大きな生命力を持っているのだ。

このような確信を述べたからといって、私が絶望や虚無感にとらわれていると思われては心外である。私はぞんざいな書き方を奨《すす》めているわけではないし、ぎこちない文や粗野な形容詞句の神秘的な力などを信じているわけでもない。私が言いたいのは、二、三の些細な喜び――隠喩で視覚を楽しませ、リズムで聴覚にへつらい、感嘆文や転置法によって人を驚かすといった喜び――を自発的に投げうつことによって、作家にとって重要なのは扱うテーマに対する情熱であり、それがすべてであることが確認できるということである。

本物の文学にとって、文章が生硬であるか美麗であるかはほとんど関係がない。また音韻にかかわる意識の量も、筆跡、正書法そして句読法と同じ程度に、真の芸術とは無縁である。こうした明らかな事実が常に見過ごされてきたのは、修辞学の起原が裁判にあり、抒情詩の起原が音楽にあるが故である。今日の文学が好んで犯す過ちは強調である。断定的な言葉、占い師か天使のごとき知恵を前提とする、あるいは人間離れのした断固たる決意を必要とする言葉――**唯一の、決して、常に、すべて、完全、完璧な**――を**すべての**作家が事もなげに、日常的に使用しているのだ。彼らは、言い過ぎることは言い足りないのと同じく効果が薄いということ、また、野放図な強調の一般化は言葉の貧困につながり、読者もそう感じているということに気づいていない。彼らのこうした不作法ゆえに言葉の価値が下落してしまうのである。この現象はもちろんフランス語にも見られ、例えば **Je suis navré**（私は遺憾に思う）という言いまわしは、日常的に「私はあなた方とお茶を飲みに行きません」という意味で使われている。また aimer（愛する）は、単に「好む」という意味になりさがってしまった。こうしたフランス語の誇張癖は、書き言葉にまで及んでいる。明晰さのチャンピオンたるポール・ヴァレリーは、ラ・フォンテーヌの忘れられてしかるべき、そして忘れられていた詩の数行をひっぱり出してきて、それを引き写し、（ある人に対する反論として）「この世で最も美しい詩」（『ヴァリエテ』八四ページ）と絶賛した。

ここで私は、過去ではなく未来を思い起こしてみたい。今では黙読が一般的に行なわれているが、これは幸せな徴候である。つまり、すでにして黙した詩の読者がいるのだ。この密やかな能力から純粋に表意的なエクリチュール――音声による伝達ではなく、経験の直接的な伝達――に至る距離は大きいが、それでも常に未来よりは近いはずである。

私はこれまでの否定的な文章を読み返してみてこう思う――音楽が音楽に、また大理石が大理石に絶望することができるのかどうか私には分からない、しかし文学は、みずからが沈黙することになるであろう時代を予知し、みずからの美徳を蹂躙し、みずからの消滅に心を惹かれ、その死を微笑みをもって迎えることのできる芸術である。

一九三〇年

もうひとりのホイットマン

その昔、『ゾハール』*の編者が、彼らの漠たる神の概念——その神性はあまりにも純粋だったので、そこに**存在**という属性を考えることさえ不敬でありえた——を敢えて表現せざるをえなかった時、彼はひとつの驚嘆すべきやり方を思いついた。神の顔が世界を一万個合わせたよりも三百七十倍広いと書いたのだ。つまり彼は、巨大さは不可視の、さらには抽象的なるもののひとつの形態でありうると理解したのである。ホイットマンの場合にも同じことが言える。ホイットマンの力はいかにも顕著にして、抗し難い圧倒的なものなので、われわれは唯ただ彼が力強いということを感知するだけである。

これは本質的に誰のせいでもない。われわれ南北アメリカの人間は、互いにほとんど遮断されて意思の疎通もなく生存しているので、相手のことを知るとすれば、それはたいていヨーロッパ経由の情報によってである。そして、そのような場合、ヨーロッパはパリによって代表されるのが普通である。ところで、パリが興味を抱くのは、芸術というよりはむしろ芸術の政治である。証拠が必要なら、そこでは伝統的に文学や絵画が徒党を組んで営なまれてきたことを思い起こせばよい。しかもそれは常にある種の委員会によって導かれ、そこに響いていたのは政治的方言である——例えば、左翼とか右翼についてぶつ国会議員の、あるいは前衛とか後衛について叫ぶ軍人のそれである。もう少し精確に言えば、彼らの関心事は芸術の秩序であって、その結果ではない。ホイットマンの詩の秩序は彼らにとってまったく前代未聞のものだったので、彼らはホイットマンを理解できなかった。そこで彼らは、彼にレッテルを貼ろうとした——彼の**壮大な放縦**を褒めちぎり、彼を自国の自由詩の創始者たちの先駆者にまつりあげたのである。あまつさえ、彼の表現法の最も無防備な部分を模倣した——地理、歴史、そして諸々の状況にかかわる名詞の心楽しい列挙であり、それはホイットマンが、エマソンのある予言、アメリカにふさわしい詩人についてエマソンがした予言を実現せんとして、並べあげたものであった。そうした模倣、あるいは回顧は、未来派や一体主義《ウナミニスモ》*に属するものであった。現代のフランス詩はすべてこの流れをくむものであったし、今でもそうである。ただし、ポーから派生している詩は別であるが。(私が念頭においているのは、ポーの立派な理論のことであって、彼の欠陥のある実践ではない。）ところが多くの者は、この列挙というのが最も古い詩的手法の一つであることに気づいてさえいない。例えば、『聖書』の「詩編」や『ペルシャ人』*の最初のコロス、ホメーロスによる船のカタログなどを想い起こしていただきたい。そして、列挙の本質的な価値はその長さにあるのではなく、言葉の微妙な適応に、言葉の《交感と違和》にあるのだ。このあたりのことはウォルト・ホイットマンも認識していた――

And of the threads that connect the stars and of wombs and of the father-stuff.
（そして、星をつなぐ糸の、子宮の、父親的なるものの）

あるいは

From what the divine husband knows, from the work of father-hood.
（神たる夫の知るところから、父性のなせる業から）

あるいはまた

I am as one disembodied, triumphant, dead.
（わたしは肉体から遊離した者のよう、勝ち誇っていて、死んでいて）

にもかかわらず、驚愕ゆえにホイットマンの誤ったイメージが形成されてしまった。単に世界的な法螺吹き、ぶしつけにも人びとに何度も害を及ぼす執拗なユゴーのような男といったイメージである。なるほどホイットマンが、作品のかなり多くのページにおいて、そうした不幸な詩人であることは私も否定しない。しかしながら、その他の素晴らしいページにあっては、彼が心のうち震えるような表現力を備えた簡潔な詩人であったこと、声高に宣言しなくともその運命を伝達しうる詩人であったこと、それを示すことができれば、私としては十分である。このことを証明するためには、彼の詩のいくつかを翻訳するに及《し》くはなかろう——

雑踏する都会をかつて通り過ぎたとき＊

雑踏する都会をかつて通り過ぎたとき、ぼくはさまざまな光景や建築や習慣や伝統をいつか将来役立てようとしっかり脳裡に刻みつけた、

だがあの都会のことでぼくがいま覚えているのは、ぼく恋しさの思いから引きとめてくれたゆきずりの一人の女、
日ごと夜ごとぼくらは互いにそばを離れず――ほかのことはすべて忘れてすでに久しい、
今はただ熱情こめてぼくに縋《すが》った女のことを思い出すだけ、
またもやぼくらはともにぶらつき、愛し合い、またもや別れ、
またもや女はぼくの手をとり、行ってはいやと駄駄《だだ》をこねる、
悲しみゆえに震える唇を静かに結んでぼくに寄りそう女の姿が今なおぼくの目に見える。

わたしがその本を読んだとき

わたしがその本、世間に名高いその伝記を読んだとき、
それではこれが（わたしは言った）著者が人間の生涯と呼ぶものなのか
それではわたしが死んでしまったら誰かがこんなふうにわたしの生涯を書くのだろうか、

（まるでわたしの生涯を一部たりとも本当に誰かが知っているかのように、
いったい当のわたしでさえ、わたしはよく考える、わたしの本当の生涯をほとんど何
　一つ知りはせぬ、
ほんの僅かな暗示、散在する僅かで仄《かす》かな手がかりと示唆を、
せめてわたしはわたしひとりに役立てばとここに素描しようとつとめるばかり）

博学な天文学者の講義を聞いたとき

博学な天文学者の講義を聞いたとき、
証明や数字が列をなしてわたしの前に並べられ、
図表や図形を見せられて、それを足したり、割ったり、測ったりされたとき、
天文学者が大喝采《だいかっさい》を浴びながら講義室で講義するのを席に坐って聞いたとき、
なんとまあ早早《はやばや》とわたしはやみくもに疲れを覚え、不快な思いに襲われたことか、
ついにはわたしは席を立ち、人知れず外に出て、神秘な夜の湿った空気のなかを、
たったひとりでひっそりとさまよい、そしてときおり、
深い沈黙の底から星を見上げた。

ウォルト・ホイットマンとはこういう人である。上に挙げた三つの告白が同一のテーマを内包していることを（私も気づいたばかりであるが）指摘するのは無駄であろうか。とにかく、いずれも自由意思と剝奪からなる独特な詩である。記憶の究極的な単純化、不可知性、われわれの生に対する羞恥、知的図式の否定、そして感覚による直截的認識の尊重といったものが、それらの詩それぞれの倫理性を規定している。それは、あたかもホイットマンがこう言っているかのようだ——世界は予期しえない、つかみどころのないものである、しかしその偶発性は豊かである、何故なら、われわれは自分がいかに貧しいか判定することさえできないからであり、すべてが天の贈り物だからである。つつましさの神秘に対するひとつのレッスン、そして北米の神秘に対する？

最後にもうひとつ示唆しておきたい。私はホイットマン（数限りない発明をした詩人でありながら、世間の評価では単なる巨人に単純化されてしまったホイットマン）を、彼の祖国の要約された象徴だと考えている。森をふさいでしまった樹木の不思議な話が、魔法のように逆さまに機能することによって、私の意味するところを明かしてくれるであろう——かつてあるところに森がありましたが、それがあまりにも広大にして無辺だったので、誰ひとり、それが樹木からなっていることに気づきませんでした。さらに、二つの大洋のあいだにある国がありましたが、そこの男たちはあまりにも強大でしたので、誰ひとりとして、それが人間の住む国だとは思いあたりませんでした。普通の人間の条件を備えた人間の国であるとは。

一九二九年

カバラの擁護

カバラの擁護が試みられたのはこれが最初ではないし、またこれが最後の失敗となるわけでもなかろうが、二つの事実が拙文を特徴づけている。ひとつは私がまったくと言っていいほどヘブライ語を知らないことであり、いまひとつは、私がカバラの教理をではなく、そこへ通じる解釈学的な、あるいは暗号解読的手順を擁護したいと思っているということである。その手順とは、よく知られているように、聖書のテキストを縦に読むこと、犁耕体式《ブーストロフエードン》と呼ばれる（右から左へ一行読んだら、次の行は左から右へと読む）読み方、アルファベットの一定の文字を体系的に他の文字に置き換えること、文字の数量的価値の加法などから成っている。このような操作を一笑に付すことはたやすいが、私はむしろそれらを理解するように努めてみたいと思う。

カバラの遠因が、聖書による機械的な霊感という概念にあることは明らかである。この概念、つまり福音史家や預言者たちを単に神の口述筆記をする非個性的な書記にしてしまうこのような概念は、聖書のなかの子音やら、はたまた発音や意味の違いを示す符号やらにさえ権威を要求する——素朴な聖書解釈にあっては思いもよらないことだが——カルヴァン派の『一致信条』にあっては、無分別なまでに強調されている。(神の言葉の意図が人間の裡においてきっちり実現されることが霊感、あるいは憑依であるが、これらの用語の本来の意味は**神格化**である。)このような誇大表現を超越したと自負できるのはイスラム教徒であろう。というのも彼らは、コーランの原典——**書物の母体**——を、神の慈悲や神の怒りと同じく神の属性のひとつと定め、それを言葉や天地創造に先立つものと見なしているからである。同様に、ルター派の神学者のなかには、敢えて聖書を被造物の範疇に収めようとはせず、それを聖霊の具現と定義している者もいる。

聖霊の具現ということになると、われわれはすでにして神秘に触れている。聖書を口述したのが全体としての神ではなく、神の第三位格だというのだから。しかし、このような見解はありふれたものだ。一六二五年にベイコン*はこう書いている——「聖霊の筆はソロモンの至福よりもヨブの悲嘆を描く際にいっそう手間どった。[1]」また、彼の同時代人であるジョン・ダンもこう言っている——「聖霊は雄弁な作家、情熱的な多作家であるが、決しておしゃべりというわけではなく、その文体は貧弱な文体とも冗長なそれとも無縁である。」

聖霊を定義しておきながら、それが一部を形成している畏怖すべき三位一体を黙過することはできない。カトリックの世俗の信徒は、それを無限に正しい、と同時にまた無限に退屈な同種集合体《クエルポ・コレヒアード》とみなす。一方で自由主義的な思想の持ち主たちは、それを神学上の虚しい鬼面であり、時代がもっともっと進展すれば、いずれ排除されることになるひとつの迷信であると考えている。ところが三位一体は、もちろんそうした定式を超越している。父と子とある霊がひとつの有機体として結合されているという概念が、さしあたりわれわれの脳裡に想起させるものといえば、知的奇形学の一例であり、恐ろしい悪夢のみが産み出しうる奇形児のようなものであろう。私もそう思う。しかし、それでも私は、われわれがその結果を知りえない対象はすべて奇怪なものであると考えることにしよう。こうした一般的な見解は、この場合、その対象が信仰にかかわる神秘であるがゆえに、いっそうやっかいなものとなる。

贖罪の概念を切り離してみれば、三位一体の三つの位格《ペルソナ》の区別は恣意的なものに思われるはずである。それを信仰上の必要と考えるなら、それゆえにその根本的神秘が軽減することもなく、その意図と役割がほの見えてくる。三位一体を——少なくとも、その二元性を——放棄すれば、イエスは神の偶発的な代理人にして、歴史上のひとつのエピソードと化し、われわれの信仰に対する永劫不滅の監査官でなくなってしまうであろう。もし《子》が同時にまた《父》であるのでなければ、贖罪は神の直接的な御業《みわざ》ではなくなる。もし《子》が永遠でないなら、神が人間となって下界に降《くだ》り、十字架にかけられて死んだという犠牲行為もまた、神のなせる業ではなくなってしまうであろう。「ただ無限に卓越せるものだけが、滅んだ魂を未来永劫にわたって贖《あがな》うことができた」と、ジェレミー・テイラー*は主張した。かくして、三位一体の教義は正当化できることになる。もっとも、《父》による《子》の産出《ヘネラシオン》、そして両者からの《聖霊》の発出《プロセシオン》という概念は、それが単なる暗喩にすぎないという否定的な条件は別にしても、どことなく異端的なものの優位を暗示しているように思われるが。上の産出と発出を区別することにやっきとなった神学は、前者の結果が《子》であり、後者のそれが《聖霊》であってみれば、そこに混乱の余地はないと断言する。《子》の永劫の産出、および《聖霊》の永劫の発出というのは、イレナエウス*の思いあがった決定である——時間を欠いた行為、不具の**時間を超越した動詞**という発明であり、われわれはこれを拒絶するか崇拝することはできても、まともに議論することはできない。地獄は単に物理的な暴力でしかないが、しっかりより合わされた三つの位格《ペルソナ》は知的な恐怖を、まるで互いに対置された鏡のそれのような、重苦しい、そして目を欺くような無限性を内包している。ダンテは三位一体を多様な色合いの、透明な円の反射という表象でもって、またダンは、からまり合ってとぐろを巻いた、離れ難い華麗な蛇のそれでもって表現しようとした。聖パウリヌス*はこう書いている——Toto coruscat Trinitas mysterio（三位一体は十全なる神秘のなかに輝く）。

もし《子》が神と世界の和解であるとすれば、《聖霊》——アタナシウス*によれば、魂の聖化の根源であり、マセドニオ*にとっては天使のなかの天使——は、神とわれわれの親密な関係、つまり、われわれの胸における神の内存であるという定義に優る定義はなかろう。（ソッツィーニ派*にとっては——十分な故なしとしないが——《聖霊》とは、神の御業の暗喩であり、その後、目もくらむほど頻繁に用いられることになる人格化された言い回しである。）これが単なる統語上の構成物であろうとなかろうと、確かなところは、錯綜した三位一体の盲目の第三位格こそ、聖書の認知された筆者だということである。ギボンはその古典的名著のなかのイスラムを扱った章に、聖霊にまつわる出版物の総目録を載せ、その数をいささか控え目に百と少しにしている。しかし、ここで私に興味があるのは、カバラの対象たる「創世記」である。

カバリストたちは、現在の多くのキリスト教徒と同じように、「創世記」の神性を、そしてそれがひとつの無限の叡知によって、ある意図のもとに編纂されたものであることを信じていた。こうした措定がもたらす結果は多様である。ある時事的なテクスト、例えば、うたかたのごとき新聞や雑誌の記事を気ままに取り出してみれば、それがかなりの量の偶然を容認していることが分かる。そうした記事はある出来事を伝達し、それを事実として措定する。すなわち、昨日ある通りで、ある街角で、朝のしかじかの時刻に、決して同一ではありえない、常に相異なる強盗事件のあったことを伝えてはいるものの、それは何人《なんぴと》によっても決して再現できないことであって、ただ、そうした情報の提供された《某所》をわれわれに示しているにすぎないのである。この種の情報にあっては、文章の意味の広がりと音響的効果は必然的に偶発的なものとなる。しかし、詩においてはこれと逆のことが起こる。意味が音調の美しさという必然性（あるいは迷信）に従属することが通常の掟となっているからである。つまり詩にあっては、偶発的なのは音ではなく、詩が意味するところのものなのだ。例えば初期のテニソン、ヴェルレーヌ、後期のスウィンバーンの場合がそうであって、彼らは、豊かな音韻の冒険を介して、唯ひたすら一般的状態の表現に尽力した。次に第三のタイプの作家、主知主義的な作家に思いをはせてみよう。彼らは、散文の場合であれ（ヴァレリー、ド・クインシー）、詩の場合であれ、確かに偶然を排除しているわけではないが、それでも偶然との測り知れない結託を可能な限り拒否し、制限しようとした。かくして彼らは、遥かな神に、偶然などという漠たる概念など意味を持たない《主》に近づく。神学者たちの言う完全なる神、この充ち溢れた世界のありとあらゆる事象のみならず、そのうちの最もはかないものであろうと何かが変れば、そこに生ずるところのもの――認識し難いもの――でさえ、これまた一挙に理解して《ウノ・インテリジエンティ・アクトゥ》しまう神に近づくのである。

それではここで、王朝や絶滅や鳥においてではなく、書かれた言葉においてみずからを顕現せんとしている星の叡知を想像してみよう。さらにまた、聖アウグスティヌス以前の言葉による霊感という理論に従って、神は言わんと欲するところを、一語ずつ口述し給うと想像してみよう。[2] こうした前提（カバリストたちの依拠していた前提）は、聖書を絶対的なテクスト、そこに偶然が手を貸す余地など皆無と見なされているテクストにする。そのような文書の構想自体が奇跡であり、このことはそのページに記録されているすべての事柄に優先する。偶然性の入りこむ余地のない書物、無限の意図を秘めた、錯誤なき変奏の、多くの啓示の隠された、多層をなす光明のメカニズム――どうしてわれわれはこれを、かつてカバラがしたように、不条理なまでに撤底して、冗漫なまでに数の神秘を駆使して問いつめようとしないのか？

一九三一年

〔1〕私はラテン語版によっている――"diffusius tractavit Jobi afflictiones"（ヨブの悲嘆を長々と語った）。英語版では、ベイコンはもっとも的確に"hath laboured more"（より多くの力を注いだ）と書いている

〔2〕オリゲネス*は聖書の言葉に三層の意味を付与した。つまり、歴史的、道徳的、神秘的といった意味であり、それぞれ、人間を形成している肉体、魂、精神に対応するとした。ヨハンネス・スコトゥス・エリウゲナ*はそこに、孔雀の羽根の玉虫色の光沢のごとき、無限の数の意味を付与した。

異端思想家バシレイデスの擁護

一九〇五年ごろ、私はモンタネール・イ・シモン社版の二十三巻からなる、何でも教えてくれる『イスパノアメリカ百科事典』*の第一巻（AからAllまで）に、ある王の簡略ながら驚嘆すべき挿画が載っているのを知った。その王というのは、先の尖った雄鶏の頭と人間の男の胴をしており、広げた両の手にはそれぞれ盾と鞭を持っていたが、胴より下はただ尻尾がとぐろを巻いているだけで、それが台座あるいは王座の役割をはたしているのであった。一九一六年ごろ、私はケベード*の著作のなかで、次のような、いわくありげな人名の列挙に出くわした――「呪われた異端の教祖バシレイデス*がいた。アンティオキアのニコラスが、カルポクラテスが、ケリントスが、そして悪名高きエビオンがいた。そのあと現われたのがヴァレンティヌス*で、彼は海と沈黙を万物の根源と見なした。」一九二三年ごろ、ジュネーヴにいた私は、たまたま手にしたドイツ語の異端研究書に目を通していて、件《くだん》の不吉な挿画が、ある種の混成体の神を表わしていること、そして、他ならぬバシレイデスがそれをおどろおどろしいほど崇拝していたということを知った。と同時に、グノーシス派というのがいかに絶望的な、しかしいかに驚嘆に値する人びとの集まりであるかを知り、彼らの熱烈な思索に思いをはせたのである。後になって私は、ミード（ドイツ語訳の『ある秘密宗教にまつわる断章』一九〇二年）と、ヴォルフガング・シュルツ（『グノーシスの記録』一九一〇年）の二冊の専門書と、『ブリタニカ百科事典』のウィルヘルム・ブーセット執筆の項目にあたって、いろいろ調べることができた。そこでこれから、彼らの宇宙生成論のひとつを、まさしく異端の教祖たるバシレイデスの唱えたそれを要約し、描写してみようと思う。そして私は、イレナエウス*が残した記述に忠実に従うことにする。なるほど、多くの者が彼の記述を無効と見なしていることは私もよく承知している。しかし、往古の夢の数かずがとりとめのない再検討にさらされる折りには、誰か人の脳裡に住みついたかどうか知る由もないひとつの夢の再検討もまた許されるのではないかと思う。それはそれとして、バシレイデスの異端の骨格はひどく単純である。バシレイデスがアレクサンドレイアに一派を起こしたのは、キリスト受難の百年後であると言われ、シリア人とギリシャ人の間においてであったと言われている。そして当時、神学は民衆の情熱そのものであった。

バシレイデスの宇宙生成論では、まず始めに神がある。威厳に満ちたこの神には御名もなければ、その起原あるいは素性もない。それゆえ pater innatus（生来の父）という漠たる呼称が与えられている。この神の内実は pleroma《プレーローマ》（充満）である――プラトン的原型と、思惟し得る本質と、普遍的なものからなる、想像も及ばぬ博物館。それは不変不動の神であるが、その静止から七柱の下位の神が発出し、これらが恐れ多くも行動に移って第一天を設《もう》け、それを支配した。この創造神《デミウルゴ》の手になる最初の冠から第二の冠が、これまた天使や能天使《ポテスタード》や座天使《トローノ》たちと共に生じ、彼らがその下にもうひとつの天を創ったが、これは最初の天のシンメトリカルな写しであった。さて、この第二の神々の集まり《コンクラベ》は第三天において、さらに第三天は次の下位の天において再現されるという具合に続いて、第三六五天にまで至る。この最下位の天の主が聖書の神であり、彼が備えている細分化された神性はほとんどゼロに近い。そして、この神々とその天使たちが人間の目に見える天を創り、われわれが踏みしめている無形の大地をこね、それをあちらこちらに分配した。この宇宙生成論が人間の起原として述べていた神話の正確なところは、当然といえば当然の忘却によって消し去られてしまったが、それでも、同時代の別の想像力の実例が残っていて、なるほど模糊とした、推測の域を出ない形においてではあるが、その欠落を補ってくれている。

アドルフ・ヒルゲンフェルト*によって発表された断片においては、光と闇は互いに相手を知らぬまま、常に共存していた。そして遂に両者が出くわしたとき、光は相手を見るやいなや、すぐに背を向けてしまったが、光に恋心を抱いた暗闇の方は、相手の反射光あるいは記憶をわがものにし、このようにして人間が誕生することになったというのである。これと似た体系に属するサトゥルニヌス*の説によれば、創造の仕事をする天使たちに天が瞬間的な幻影を授け、そのイメージに似せて人間は造られたのであるが、それは、憐れみを覚えた主が力に満ちた閃光を吹きかけるまでは、まるで毒蛇のように地を這っていたという。重要なのはこれらの神話に共通する点、すなわち、われわれは決して完全ではない創造神により、不快な素材で、向こうみずな罪ぶかい即興によって造られた存在であるという点である。ここでまた話をバシレイデスに戻そう。ヘブライの神の煩わしい天使たちによって動揺させられた賤しい人類は、永遠なる神の憐みを享受することになり、人類に救世主がさし向けられた。この救世主は幻の肉体を装わねばならなかった、というのも生身の肉体は堕落するからである。その感覚を欠いた亡霊は公衆の面前で十字架にかけられたが、キリストの本質的な部分は重層をなすいくつもの天を通過して《充満《プレーローマ》》へと回帰した。彼がそれらの天を無事に通過することができたのは、各天の神の秘めたる名前を知っていたからである。「そして、この物語の真実を知る者は」と、イレナエウスによって伝えられた信仰告白は結論づけている、「この世界を形成した王たちの威力から解き放たれて、おのれ自身を知ることになろう。天にはそれぞれ固有の名前があり、同様に、各天の個々の天使にして神、および能天使《ポテスタード》にも固有の名前がある。彼らの比類なき名前を知る者は、救世主と同じように、姿を見られることもなく確実に諸天を通り過ぎることができるであろう。そして《子》が誰にも気づかれなかったように、グノーシス主義者もまた気づかれることはない。これらの神秘は決して口にすることなく、沈黙のうちに守られねばならないであろう。さあ、すべての他者を知りつくすのだ、汝のことは誰ひとり知らないのだから。」

当初から数的であったこの宇宙生成論は、遂には数的魔術になりさがってしまった。つまり、天にある三六五の層のそれぞれに七人の能天使がいて、その結果、二五五五の魔除けの呪文を記憶するという途方もないことが求められるようになったのだ。そして、そうした呪文が、長い歳月を経て、カウラカウという救世主を示すありがたい名前と、アブラクサスという不動の神を示す名前につづまったのである。この覚めた異端にとって救済とは、死者を記憶する努力であるが、それはちょうど救い主の十字架上の苦悶が視覚の幻であるとする理論と対応する——彼らの世界のはかない現実に神秘的に呼応する二つの仮象。

この宇宙生成論における名目上の天使たちの、そして対称的に反映する天の虚しい増殖を一笑に付することは、さほど困難なことではない。「存在は必要もなく増やしてはならない」Entia non sunt multiplicanda praeter necessitatem というオッカム*の制限的な原則を適用すれば、それこそ軽く一蹴できるであろう。しかし私には、そのような厳格さは時代錯誤あるいは無益なことに思われる。むしろ、その宇宙生成論において示された、いささか重苦しくも不確かな表象《シンボロ》に対する良き換位《コンベルシオン》こそが重要であろう。私はそれらの表象のなかに二つの意図を認める――第一は評者たちがこぞって指摘する点であり、第二は（これを私の発見であると自負するつもりはないが）これまであまり強調されてこなかった点である。まず、より見やすい方から始めよう。それは仮定された一連の段階的な神性を、これまた仮定の神と現実のあいだに挿入することによって、悪の問題を、物議をかもすことなく解決しようという意図である。ここで検討している思想体系にあっては、神から発生した下位の神々は、神から遠ざかるにつれて徐々に減退して衰弱し、遂にはひどい物質でもって粗雑な人間を造るという、おぞましいことまでする神になり下がる。ヴァレンティヌスの体系においては――彼は海と沈黙を万物の根源と見なしたわけではない*――堕落した女神（Achamoth）が暗闇と交わって二子をもうけるが、それが世界の創建者と悪魔である。この話の一種の変奏が魔術師シモン*に帰せられている――当初は神の長女であったものの、後に天使たちによって痛ましい転生を宣告されたトロイアのヘレネを、テュロ

*スの船乗りたちのたむろする売春宿から請けもどしたという話である。〔1〕イエス・キリストの人間としての三十三年も、十字架上での彼の悲惨な最期も、冷徹にして厳格なグノーシス主義者にとっては十分な贖罪ではなかったのだ。

さて、次になすべきは、その難解な宇宙生成論のもうひとつの意味の考察である。バシレイデスの異端が唱える数々の天からなる目くるめく塔、その天使の増殖、大地を攪乱する創造神《デミウルゴ》たちをうつす惑星の影、《充満《プレーローマ》》に対する下位の諸層のおりなす陰謀、つまりその広大な神話内の――よしんばそれが想像も及ばない、あるいは名目上のものであるにせよ――ひしめきは、これまたわれわれの世界の減退を意識したものである。そこで説かれているのはわれわれの罪悪ではなく、われわれの本然的な無意味性である。大平原を赤く染める夕日に見られるように、天は情熱的にして記念碑的であるが、地は貧弱である。これがヴァレンティヌスのメロドラマ的な宇宙生成論の意図するところであり、互いに相手を認め合う二人の超自然的な兄弟と、堕落した一人の女と、悪い天使たちの失敗に終わったしたたかな陰謀と、最終的な結婚からなる、果てしない物語を繰りひろげるその宇宙生成論を正当化するものである。このメロドラマ、あるいは通俗小説にあっては、世界の創造は、ほんの余談にすぎない。本質的に取るに足らないひとつの過程として想像された世界、天上の古いエピソードから消え去った、その傍系的反映として想像された世界、これは感嘆すべき発想である。単なる偶然としての創造。

この企画は英雄的なものであった。正統的な宗教感情と神学は、恐慌をきたしてその可能性を拒絶する。彼らにとっては、原初の創造は神の自由にして必要な行為なのである。聖アウグスティヌスの説くところによれば、宇宙は時間の中で始まったのではなく、時間と同時に始まった——これは《創造主》に対するあらゆる優先を否定する見解である。シュトラウス*は原初の瞬間という仮説を虚しい幻想とみなし、そのような瞬間を認めると、それ以後の一瞬一瞬のみならず、それに先行する永遠をも一時性《テンポラリダー》によって汚すことになろう、と論駁している。

西暦の始めの時代、グノーシス派はキリスト教徒と盛んに論争し、競い合った。そして彼らは消滅してしまったが、それでもわれわれは彼らの勝利の可能性を想像することができる。もし歴史において、ローマではなくアレクサンドレイアが勝利を収めていたら、私が上に要約したような奇妙で怪しげな説が、論理的一貫性を持った、威厳のある、そして日常的なものとなっていたであろう。例えば「人生は心の病いである[2]」というノヴァーリスの格言や、ランボーの「真の生は不在であり、われわれはこの世に存在しない」という絶望的な格言は、正典のなかで輝きを発していることであろう。さらに、ジャン・パウルの退けられた思索、すなわち、生命の星における起原、およびその惑星における生命の偶発的拡散といった類の思索は、敬虔な研究者たちの無条件の賛同を得ているであろう。いずれにしても、われわれが取るに足らない存在であることに優る、いかなる天恵を期待できるであろうか？　神にとって俗界から解放されることに優る栄光がありえようか？

一九三一年

〔1〕ヘレネ、神の痛ましい娘。イエス・キリスト伝説とヘレネ伝説との関わりは、単にこうした神聖なる親子関係にとどまるわけではない。バシレイデス派の人びとは、イエス・キリストに実体を欠いた身体を付与し、悲劇の女王の場合は、ただ彼女の《エイドロン》すなわち幻影だけがトロイアに連れ去られたと考えた。かくして、美しき亡霊がわれわれの罪を贖い、もうひとつの美しき亡霊がホメーロスの作品に、戦場に頻出したのである。こうしたヘレネのキリスト仮現説については、プラトンの『パイドロス』、およびアンドルー・ラング*の『書物における冒険』二三七―二四八ページを参照されたし。

〔2〕この見解――Leben ist eine Krankheit des Geistes, ein leidenschaftliches Tun――が広まったのはカーライルのおかげであり、彼は『外国評論』（Foreign Review, 1829）に寄せた名高い論文において、ノヴァーリスの考えを強調した。ウィリアム・ブレイクの『予言書』に見られる考え方は、グノーシス派の苦悶と光明の本質的な再発見であって、決して一時的な、偶然の一致ではない。

現実の措定

ヒュームは断固たる調子で言い放っている、バークリーの論証はまったく反論を許さないが、と同時に、いささかの説得力も持っていないと。私もクローチェの論理を排除するために、ヒュームのような学殖と確たる威厳を備えた宣告をしてみたいものだ。しかし、ヒュームの宣告は私の役には立たない、というのも、クローチェの明澄な理論はそれなりの説得力を備えているからである。もっともそれは自己充足的であって、他への広がりを欠いてはいるが。彼の理論の欠点は扱い難いところにある。つまり、議論を打ち切るにはうってつけであるが、問題を解決する役には立たないのだ。

クローチェ理論の定式は――読者は記憶していることであろうが――美的なものと意味表現的なものの同一化である。私はこの定式を拒絶しようというのではない。しかし、古典主義的な傾向のある作家たちは、どちらかといえば、この表現性を避けようとするということを指摘しておきたいと思う。この事実はこれまであまり考察されたことがない。私の考えを述べてみよう。

ロマン主義的な作家は、概してあまり成果をあげているわけではないが、絶えず表現しようと努める。これに対して古典主義的な作家が、先決問題要求の虚偽《ペティシオン・デ・プリンシピオ》〔論証を必要とする論点をすでに論証されたものとして前提にする虚偽〕なしで済ませることはまずない。ここで私は**古典的**、**ロマン主義的**という用語をこれまでの歴史的な文脈や意味合いから引き離し、それらを作家の二種類の典型（二つの手法、あるいは態度）として理解している。古典主義的な作家は言葉に対して不信感を抱いてはおらず、自分が用いる記号の一つひとつに十分な効力のあることを信じている。例えば、彼はこう書くであろう――「ゴート族軍が引揚げ、同盟諸軍が解散した後、シャロンの原野一帯を領する大変な静寂にアッティラは一驚を喫した。何か敵意のある戦略でも企まれているのではないかと疑って、彼はなお数日は荷馬車の円陣の中にとどまった。いよいよ彼がライン河の向うに退却したことは、最後の勝利が西ローマ帝国の名で得られたことの告白であった。メロヴェウスの率いるフランク族軍は、慎重に距離を保ちつつ、また毎晩多数の篝火を焚いて兵力を多く見せかけつつ、フン族の殿軍の後を追尾してとうとうテューリンギアの境まで行った。テューリンギア族はアッティラの軍に属していたから、往路、復路、ともにフランク族の領土を横断した。事によると彼らがこの戦争で残虐行為を働いたことが、約八十年の後にクローヴィスの息子の復讐を受けることになったのかも知れぬ。彼らは捕虜のみならず人質らをも虐殺、二百人の若い乙女が物すごい仮借ない激しさで苛まれた。彼女らの遺体は野生の馬を使って真二つに裂かせ、その骨は重い荷馬車をゴロゴロ引き廻して押し潰させたし、その四肢は埋葬もせずに公道に遺棄、野犬や禿鷹の餌食にした。」(ギボン『ローマ帝国衰亡史』第三十五章、中野好夫訳)「ゴート族軍が引き揚げ、……」という一節を見ただけでも、この一般化を旨とした、不可視的なまでに抽象的な記述の間接的な性質が認められるであろう。なるほど作者がわれわれに提供する一連の記号は、疑いもなく厳密に構成されてはいる。しかし、そこに生命を吹きこめるかどうかは、われわれ読者の任務である。実際、この記述は表現力に富んだものではない。作者は現実を表象しているのではなく、それを記録するだけにとどめている。そこで語られている豊富な出来事は、濃密な経験や認識や反応を内包しており、それらの再現がわれわれに委ねられているのだ。そうした経験や認識や反応は物語の流れから推察することができるが、そこには書かれていない。より精確に言えば、作者は現実との最初の接触をそのまま記述しているのではなく、それを練りあげた上、最終的に概念化したものを記しているのだ。これこそが古典主義的な手法、つまりヴォルテールや、スウィフトや、セルバンテスが常に遵守していた方法である。次に、もはやその必要もないかも知れないが、セルバンテスの一節を引用しておこう――「ここまで来るとロターリオは、アンセルモの不在がもたらしたこの機会に乗じて、あの美しき城砦に対する包囲をせばめることがぜひとも肝要だと考え、彼女の美しさを口をきわめて称えることによって彼女の自尊心に襲いかかった。それというのも、防備の固い美女の虚栄の塔を攻め落とすのに、追従《ついしょう》の舌に乗った虚栄そのものにかなうものはないことを知っていたからである。実際ロターリオは、全力をつくし、さまざまな爆薬を用いて、カミーラの節操という固い大岩を掘りくずしたものだから、たとえ彼女が青銅の女だったところで、倒れずにはいなかったであろう。彼は、あふれんばかりの熱意をこめ、真情を吐露しながら、涙をながし、哀願し、約束し、おもねり、しつこく迫り、誓った。かくして、慎み深いカミーラのさしもの堅塁も崩れ落ち、ロターリオは思いもかけなかった、しかし、何よりも望んでいたものを手に入れることになったのである。」(『ドン・キホーテ』前篇、第三十四章)

世界的な文学やそれに匹敵するような文学の圧倒的多数が、上に挙げたような文章によって形成されているのだ。従って、それらをある種の定式に合致しないからといって拒絶するのは不毛であるばかりか破滅的でもある。一見したところ効力のなさそうな文章が、実際には効果的なのである。それでは次に、この矛盾を解明してみよう。

まず私は、このような仮説を提起してみる——文学においては不明確さは許容される、あるいは本当らしく思われる。何故なら、われわれは現実において常に不明確になりがちだからである。複雑に入り組んだ状況の概念的単純化は、多くの場合、瞬間的な操作である。そして認識し、注目するという行為自体が選択的範疇に属している。すなわち、注目し、われわれの意識を集中するという行為はすべて、関心のないものの意図的な省略を内包しているのだ。われわれは記憶や恐怖や予測を介して、見たり聞いたりする。身体の領域にあっては、無意識は物理的行為のひとつの要件である。われわれの肉体はこの難しい一節を明瞭に発音することができ、階段や、結び目や、鉄道の踏み切りや、都市や、急流や、犬に対処することができ、交通事故に遭うことなく通りを横断することができ、子どもをもうけることができ、呼吸をすることができ、眠ることができ、おそらくは人を殺すことさえできる——これらはわれわれの肉体のすることであって、われわれの知性がするのではない。われわれの生存というのは一連の適応、すなわち、忘却の教育なのである。トーマス・モアがわれわれにもたらした、ユートピアに関する最初の情報は、そこの橋のひとつの「本当の」長さが分からずに当惑したというものであるが、これは感嘆に値することである。

私は古典主義というものをより深く考えてみようと思って、ギボンの一節を読み返してみた。すると静寂の支配という、ほとんど見過ごしてしまいそうな、どうみても無害な隠喩に出くわした。表現上のひとつの企てであるこの隠喩は——これが成功しているかどうかは分からないが——厳密な規範の実践たる彼の散文の他の部分としっくり調和しているようには思えない。しかし、この隠喩が正当化されるのは、それがすでに常套化して、際立たなくなっているからである。われわれはその使用から、古典主義のもうひとつの特徴を定義することができよう——あるイメージは、ひとたび確立されると、公共の財産となるという信念である。古典主義的な概念によれば、人間や時間の複数性というのは付随的なことであって、文学は常にひとつなのである。ゴンゴラの驚嘆すべき擁護者たちは、博引旁証によって、彼の隠喩が由緒ある知的伝統に連なるものであることを立証し、彼に着せられた詩の革新者という汚名をそそいでいる。彼らは、ロマン主義の発見である個性というものを、いまだ予感すらしていなかったのだ。現在のわれわれは、皆ひとしなみに、個性というものにひどく憑《つ》かれているので、それを否定したり、ないがしろにしたりすると、そのこと自体が《個性的である》ための数ある方策のひとつになってしまう。詩の言語はひとつであるべきだという理論に関しては、マシュー・アーノルド*の提唱した、決して長続きすることのなかった説を紹介しておくのが好都合であろう。アーノルドは、ホメーロスの翻訳者たちの使用する言葉は、時おりシェイクスピア風の自由な飛翔が認められるにしても、原則として欽定訳聖書の語彙に限られるべきであると主張したのである。聖書の言葉にはそれだけの力と広がりがある、というのが彼の論理であった。

古典主義の作家が提示する現実というのは、ちょうど『修業時代』*のある登場人物の父性がそうであるように、それを信用するかどうかの問題である。これに対して、ロマン主義者が描き尽くそうとする現実には、いささか押しつけがましいところがある――彼らの通常の方法は強調であり部分的な虚偽である。私は今ここに例をあげて詮索することはしないが、いかにも職業的に現代風な散文や詩にあたってみさえすれば、その点を確認することができるであろう。

古典主義的な現実の措定には三つの方法が考えうるが、それぞれのアプローチは大きく異なっている。なかで最も扱いやすいのは、重要な事実だけを大まかに報告するというやり方である。(あまり座りのよくない寓意《アレゴリーア》が見られるものの、上に引用したセルバンテスのテクストは、古典主義的手法の一番目にあたる、自然発生的なやり方の悪くない例であろう。)第二の方法は、読者に示される現実よりもさらに複雑な現実を想定しておき、そこから派生する結果やその影響を記述するものである。その実例として私は、テニソン*の『アーサー王の死』と題する英雄叙事詩の断章の冒頭部に優るものを知らない。それではここに、ただその技巧を確かめるという目的のために、押韻を無視した逐語的な散文訳を挙げてみよう――「かくして、その日は一日中、冬の海を見おろす山々に合戦の大音響が轟きわたり、アーサー王に仕える円卓の騎士たちは、リオネスの地において、その主君たるアーサー王のまわりで、次から次へと倒れていった。そのとき、王もまた深傷《ふかで》を負っていたので、騎士たちのなかで最後まで残ったベディヴィア卿、勇猛果敢なベディヴィア卿は王を抱え起こすと、戦場からほど遠からぬ礼拝堂へ、つまり折れた十字架を掲げた、壊れた司教館へと連れて行った。司教館は暗い荒野にあったが、その片側には海が横たわって反対側には大きな川が流れ、そして空には満月が輝いていた。」この叙述は三度にわたって、より複雑な現実を措定している。まず最初は、「かくして」という副詞を配する文法的な仕掛けによって。二つ目は、これが最も効果的であるが、「王もまた深傷を負っていたので」といった、ある事実を伝達する一文を挿入することによって。三つ目は、「そして空には満月が輝いていた」を不意に付け加えることによって、である。この手法のもうひとつの効果的な実例をモリス*が提供してくれるが、彼は英雄イアソンの部下であるアルゴ船乗組員の一人が、川の精霊たちにさらわれるという神話の出来事を語ったあとで、物語をこのように結んでいる――「薔薇色に輝く妖精たちと安らかに眠っている男が水中に沈んでいった。しかし、川の流れが彼らの姿を消してしまう前に、一人の妖精が草原を駆け抜けて来ると、牧草のなかから、青銅の穂先の槍と、飾り鋲をちりばめた円盾と、象牙の柄の刀と、鎖帷子《くさりかたびら》を取り出し、そのまま川に飛びこんだ。従って、風でもなければ、あるいは葦原からその顚末を見聞きしていた小鳥でもなければ、いったい誰がこの一件をよく物語ることができようか。」われわれにとって重要なのは、この最後のところで、それまで言及されることのなかった風と小鳥が証人として引き合いに出されている点である。

三番目の手法は、作品のなかにある状況を新たにつくり出していくというものだが、これが最も難しい、と同時に効果的でもある。一例として、『ドン・ラミーロの栄光』*の記憶に値する特徴をとりあげてみよう――「小姓たちの貪欲さから守るために、南京錠を下ろした蓋つきのスープ鉢で供された、豚肉のスープ」といった仰々しい叙述は、いかにも格式を装った貧窮、列をなすような多くの召使い、階段や回廊や様ざまな灯火を備えた広壮な邸宅を連想させるではないか。いま私はごく短い、直線的につながる例を挙げたが、長大な作品について言うこともできる。例えば、ウェルズの純粋な空想小説であり〔1〕、ダニエル・デフォーのいらだたしいほどにも真に迫った小説であるが、そこで頻繁に用いられているのが、いま見たような、大きな射程範囲を持つ簡潔な細部の展開、あるいは連鎖という手法である。またジョゼフ・フォン・スターンバーグ*の手になる映画の脚本、これまた意味深長な場面からなっている脚本についても同じことを断言したい。これは実に称賛すべき高度な手法である。しかしその適用範囲があまりにも大きくなったがゆえに、前の二つに較べると、とりわけ第二の手法と較べると、厳密な意味での文学性が稀薄になっているように思われる。なにしろ第二の手法は、唯ただ、シンタックスと言葉の操作によってのみ機能するのだから。ムア*の次の詩行がその証拠となろう——

Je suis ton amant, et la blonde
Gorge tremble sous mon baiser,
（ぼくは君の恋人　そして金髪の
ゴルジュはぼくの口づけにうち震える）

この詩行の長所あるいは効果は、ひとえに所有代名詞から定冠詞への移行にある、つまり、la の驚くべき使用にあるのだ。これと逆の、対称的な手法が、キプリングの次のような一行に見られる——

Little they trust to sparrow—dust that stop the seal in his sea!
（彼らはあまりスズメを頼りにしていない／アザラシを彼の海にひきとめる埃を！）

一九三一年

この場合、言うまでもなく、his は seal によって支配されている。

〔1〕例えば、『透明人間』がそうである。主人公――絶望的なロンドンの冬における、孤独な化学の研究者――は、やがて透明人間であることの特権が、それから生じる不都合を埋め合わせるものではないことに気づく。あわてて着こんだ外套や、いつもの習慣で思わずはいてしまった長靴によって市中が大騒ぎすることのないように、彼は靴もはかず、裸で出かけねばならない。彼の透明な手に握られたピストルを隠すことは不可能である。摂取した食物にしても、それが消化吸収されるまでは同様である。夜が明けてしまうと、名ばかりで実体を欠いた瞼《まぶた》は陽光を遮らないので、彼は目をあけたまま眠るような状態に慣れなければならない。まるで幽霊のような腕を目の上に置いたところで無駄である。通りに出れば、交通事故が彼をつけねらうから、いつも車に押しつぶされはしないかと戦々恐々である。彼はついにロンドンから逃げ出す羽目になる。その際彼は、**自分が透明人間であることを悟られないようにするため**、かつら、黒い鼻眼鏡、カーニバル用の付け鼻、うさんくさい付け髭、手袋などに頼らざるをえない。しかし、見破られることにより、奥地の寒村が惨めな《恐怖の王国》と化す。彼は自分がひとかどの人間であることを認めさせようとして、ある男を傷つける。すると警察署長は犬に彼の跡をつけさせ、ついに駅の近くで彼を追いつめて殺してしまう。

幻想的な状況の不気味さを描いた、もうひとつの実に見事な例が、キプリングの「世界最高の物語」で、これは彼が編集した『奇譚大成』（一八九三年）に収められている。

フィルム

以下に記すのは、最近封切りされたいくつかの映画に対する私の感想である。

断然すぐれていたのは『カラマゾフの兄弟』で、監督はフョードル・オツェープ。ここで彼は、これまでよく話題になった、相も変らぬドイツ映画の弱点——陰気な象徴性、トートロジー、すなわち同じようなイメージの虚しい繰り返し、わいせつ趣味、奇形愛好、悪魔主義——を破綻なく、見事に克服している。と同時に、いっそう冴えないソビエト派の欠点——性格の完全な脱落、単なるカットの寄せ集め、《委員会》による粗野な示唆——に陥ってもいない。（フランス映画については触れない——今日までフランス映画が持続してきた唯一の熱望は、ハリウッドの亜流になりたくないということであるが、なるほどフランス映画が今そうした危険にさらされていないことは確かである。）私はこの映画のもとになっている長編小説をあまりよく知らない。しかし、この否定的な条件が幸いして、現に見ている場面を絶えず本で読んだそれとオーバーラップさせては、両者が符合するかどうか確かめたいという誘惑にかられることもなく、映画を楽しむことができた。それにしても、原作に対するひどい冒瀆とか、称賛に値する忠実さ——これらは共にさほど重要なことではない——から伸びやかに解放されているこの映画は、実に力強い。そのほとばしるようなリアリティは、なるほど前後の脈絡や一貫性を欠いた、純粋に幻覚的な類のものではあるが、ジョゼフ・フォン・スターンバーグの『紐育の波止場』のそれに負けず劣らず圧倒的である。殺人を犯したあとの、屈託のないナイーヴな幸福感の表現は、最も卓越した場面のひとつであろう。また個々の映像自体——明けきった朝の光景、今まさに突かれるのを待っている大写しにされたビリヤードの球、金《かね》をかき寄せるスメルジャコフの聖職者のような手など——、その斬新さからしても、カメラワークの点からしても秀逸である。

次の映画に移ろう。『街の灯』という、いわくありげな題のつけられたチャプリンの映画は、わが国の大方の批評家による無条件の賛辞を博している。もっとも印刷に付された称賛は、思い上がった個人的営為というよりはむしろ、わが国における非の打ちどころのない通信や郵便業務の証しなのであるが。チャーリー・チャプリンが現代の神話における、最もゆるぎない神々の一人であることを敢えて無視しうる者がいるであろうか、つまり彼が、静止した悪夢をかもし出すキリコの、おどろおどろしい機関銃を操るアル・カポネの、有限ながら無限の宇宙ともいうべき天上のごとき背中をしたグレタ・ガルボの、そして眼帯をしたガンディーの仲間であるということを？　ところで彼の最新作であるこのお涙喜劇《コメディ・ラルモワヤント》が、封切り前から大きな話題をさらっていたことは周知の事実である。しかしながら現実には（私が現実とみなす現実においては）、かの『黄金狂時代』の卓越した監督と主役が作った、そして大々的な観客動員を誇っているこの映画は、センチメンタルな物語にこそふさわしい、細《こま》ごまとした不幸な出来事の寄せ集めの域を出ていない。なるほど、数あるエピソードのなかには新鮮なものもある。しかし大半は陳腐で、例えば、清掃夫の職業上の喜びを扱ったエピソード、つまり彼に一定の**存在理由**を与えたはずの思いもかけない（後になって虚妄であると判明する）象を前にするエピソードなど、もはや過去のものとなった『トロイのヘレンの私生活』*に見られる、トロイの清掃夫とギリシャ人の木馬のエピソードの複製といえるほどである。『街の灯』に対してはまた、より一般的な批判を加えることもできる。この映画の現実性の欠如は、同じく絶望的な、その非現実性の欠如と好一対をなしているのだ。映画には現実的なもの――『唇の罪』*、『命を賭ける男』*、『群衆』*、さらには『ブロードウェイ・メロディ』*――もあれば、意識的に非現実性を指向するものもある。例えば、フランク・ボーゼージ、ハリー・ラングドン、バスター・キートン、エイゼンシュテインらのいかにも個性的な映画である。そしてチャプリンの初期のちゃめっ気たっぷりなドタバタ喜劇は、この二番目のグループに属していた。疑いもなく、表面的な映像、アクションの驚くべきスピード、俳優たちの嘘っぽい口髭げ、おかしな顎の付け髭げ、ぼさぼさの鬘《かつら》、だぶだぶのフロックコートなどによって支えられていた、あのドタバタ喜劇である。ところが、『街の灯』はその種の非現実性を獲得することもなく、説得力を欠いた作品になっている。並はずれた美しさに恵まれた、輝くばかりの盲目の女と、いつものようにひどい身なりをした、ひどく弱々しいチャーリー自身を除くと、登場人物がそろって、あまりにもありきたりである。そのまとまりのない筋立ては、二十年前の散漫なつなぎ合わせの手法をそのまま受け継いでいる。なるほど擬古主義やアナクロニズムもまた文芸のひとつの様式であることは、私もよく承知しているが、それを意図的に用いるのと、不幸な濫用とはまったく別物である。私のこの見解が誤っていることを――そういうことは度々あるのだが――期待したい。

『街の灯』に見られるほど甚だしくもなければ致命的というわけでもないが、スターンバーグの『モロッコ』にも疲弊が感得できる。彼の数年前の作品である『暗黒街』に見られた無駄のないカメラ・ワーク、洗練された構成、間接的でありながら十分な手法といったものが、ここでは単なるエキストラの大量動員や過度なまでに塗りたくられたローカルカラーに置き換えられている。スターンバーグはモロッコを描くのに、豪勢なアラビア外套、噴水、夜明け前に時刻を告げる声量豊かな回教僧、陽光を浴びた駱駝の群などを備えたモーロ人の市《まち》のセットを、ハリウッドの郊外に苦労して作りあげるといった、ありきたりの手段しか思いつかなかったのだ。これに反して、全体のプロットは悪くない。明け方の砂漠における新たな旅立ちという結末は、われわれの『マルティン・フィエロ』*第一部、およびロシアの作家、アルツィバーシェフの小説『サーニン』のそれと同じ趣向である。『モロッコ』は好感の持てる映画ではあるが、あのヒロイックな『非常線』*がかきたてたような、知的な喜びを覚える底の作品ではない。

＊　＊　＊

ゆがんだ（それゆえデフォルメされた）大瓶や、雄牛の首すじや、柱の写真の方が、ハリウッドの千一人のエキストラ、セシル・B・デ・ミルによってアッシリア人の格好をさせられたかと思うと、すぐにまた、烏合の衆となって散りぢりばらばらになってしまう無数のエキストラの写真より造形的価値があることを発見したのはロシア人である。さらに米国中西部《ミドル・ウエスト》の慣例――スパイと密告という美徳、結婚という最終的幸福、娼婦の十全なる純潔、酒を断っている若者によって加えられる決定的なアッパーカット――を、それらに劣らず称賛に値する慣例によって代えうることを発見したのもロシア人である。(かくして、ソヴィエトの最も優れた映画のひとつでは、ある戦艦が人でごったがえすオデッサ港を至近距離から砲撃すると、そこで倒れるのはいくつかの大理石のライオンだけということになる。砲撃が人を殺《あや》めることのないほど正確であったのは、それがボルシェビキの立派な戦艦だったからである。)そうした発見は、ハリウッドからのメッセージにいささか食傷気味であった世界の人びとに喝采と感動をもって受け入れられ、もはやソヴィエト映画は完全にアメリカ映画を凌駕した、と言われるまでになった。(時あたかも、アレクサンドル・ブローク*が、ウォルト・ホイットマンを思わせる力強い調子で、ロシア人はスキタイ人であると賞揚していた頃である。)世の人は、ロシア映画の最大のメリットが、永続的なカリフォルニア方式の一時的な遮断にあることを忘れていた、あるいは忘れようとしていたのだ。世の人は、いくつかの卓抜な暴力(『イワン雷帝』、『戦艦ポチョムキン』、そしておそらくは『十月*』)が、比類なき喜劇(チャプリン、バスター・キートン、ラングドン)から純粋に独創的な幻想(クレージーキャットやビンボ)に至るまでの、あらゆるジャンルで見事に実践されてきた、広汎な複合体としての文芸に太刀打ちすることなどできない、ということを忘れていたのだ。ロシアの脅威が広まったので、ハリウッドは自己改革をし、撮影にかかわる習慣のいくつかをより豊かなものにしたが、それほど気にとめるというほどでもなかった。

しかし、キング・ヴィダーは確かに心を揺さぶられたようである。私の言っているのはもちろん、『ハレルヤ』のごとき忘れ難い映画を残すかと思えば、『ビリー・ザ・キッド』のような、まったくの駄作にまで手を染めるあの監督のことである。『ビリー・ザ・キッド』に関して言えば、これは二十人もの（メキシコ人は数に入れずに）人を殺した、アリゾナで最も恐れられた殺し屋を、いささかの恥じらいをもって取りあげたもので、その取り得と言えば、砂漠を描くのにパノラミックショットを連らね、クローズアップを体系的に排除したくらいのものである。彼の最新作『街の光景』*は、かつて表現主義者であったエルマー・ライス*作の同名の喜劇を脚色したものであるが、この映画は唯ただ《スタンダード》でありたくないという消極的な熱意に鼓舞されている。ここには満足できるとは言わないまでも、最小限のプロットの面白さはある。ここには有徳の主人公がいるが、彼はごろつきによって痛めつけられる。夢見るカップルがいるが、彼らには合法的な、あるいは教会によって祝福される結婚は禁じられている。桁はずれの虚勢をはる、**実の生よりも大きな**イタリア人がおり、どうやらこの映画の滑稽味はひとえにこの男に委ねられているようであるが、彼の巨大な非現実性もまた、現実的にして正常な彼の仲間の上にのしかかる。本当らしく見える人物もおれば、また偽装しているような人物もいる。要するに、この映画は写実主義的な作品ではない。言ってみればロマン主義的な作品の挫折、もしくは抑圧である。

しかし、二つの素晴らしいシーンがこの映画を高めている。ひとつは夜明けのシーンで、そこでは夜の濃密な過程が音楽によって要約されている。いまひとつは殺人のシーンであるが、それはひしめき合う激昂した人びとの顔のなかにおいて間接的に提示されている。

一九三二年

語りの技法と魔術

これまで小説の作法が分析され、公表されることはあまりなかった。それが長きにわたって人目にさらされることのなかった歴史的原因は、他のジャンルの方が優先されていたことにある。また、その根本的な原因は、小説の技巧のほとんど解明しがたいほどの複雑さにあって、それを小説の筋立てと切り離すのが難儀だということである。法的な文書や悲歌を分析する者は、専門用語を用いたり、自己充足的な文章を使ったりして、容易に目的を達成することができる。ところが長大な小説を分析する者には、お決まりの都合のよい用語もなければ、言いたいことを論証するのに即効的な例文をあげることもできない。というわけで、以下の論証にも行き届かない点があるが、どうかご堪忍《かんにん》のほどを。

手始めにウィリアム・モリスの『イアソンの生涯と死』（一八六七年）という長編物語詩

の小説的側面を考察してみよう。私のねらいはあくまでも文学的なものであって歴史的なものではない。従って、この詩のギリシャとの類縁関係を扱った研究、あるいは研究に類するものは意識的に排除することにする。ここでは、ロードス島のアポロニオス*をはじめとして、古代人たちがすでにイアソンに率いられたアルゴ船乗組員たちの偉業の過程を詩に歌っていること、そして時代が下って、一四七四年には『高貴にして勇敢な騎士イアソンの遠征と壮挙*』が書かれていることに言及しておくだけでよしとしよう。もちろんこの本はブエノスアイレスでは披読できないが、イギリスの注釈者たちなら参照することができるであろう。

　モリスの仕事の困難なところは、イオルコスの王たるイアソンの、現実離れした途方もない冒険の数かずを、信憑性豊かに叙述することにあった。詩の一行一行に驚きをこめるといった抒情詩の常套手段は、一万行を越える物語詩には適用できない。この長編物語詩が必要としたのは何よりもまず、読者の不信感を自発的に払拭《ふっしょく》しうるような強い信憑性、すなわちコールリッジが言うところの詩的信頼を形成する本当らしさであった。そしてモリスは、そうした信頼を得ることに成功しているのだ。どのようにして成功したのか、そのあたりを調べてみよう。

　まずその詩の第一の書から例をとってみる。イオルコスの先王アイソンは、息子のイアソンを山中に住む半人半馬の怪物たるケンタウロス族の賢者ケイロンの後見にゆだねる。そこで問題になるのが、ケンタウロスの現実性であり、信憑性である。モリスはそれを実に巧みに、段階を踏んで解決している。まずケンタウロスの血統に言及するが、その際そこに、これまた違和感を覚えさせる獣の名を交える。

Where bears and wolves the centaurs' arrows find
(熊や狼がケンタウロス族の矢を見つけるところに)

といったさりげない調子で説明するのである。いかにも偶発的であるかのような最初の言及のあと、三十行ほど先へ進むと、ふたたびケンタウロスに関する言及があるが、これは長いエピソードの導入部をなしている。年老いた王が奴隷に対し、王の息子を連れて山の麓の森へ行き、象牙の笛を吹いて、隆々たる体軀で重々しい顔つきの(と奴隷に教える)ケンタウロスの賢者ケイロンを呼び出し、彼の前にひざまずくようにと命ずる。王の命令はなおも続き、やがて、一見したところ否定的な第三の言及がなされる。つまり王は奴隷に、決してケンタウロスを怖がってはいけないと忠告するのである。それから王は、息子を手離すことになる親の悲嘆をあらわにしながら、これから森のなかで、「目ざといケンタウロス族」――弓の名手として知られるこの一族を的確に表現し、彼らを活気づける特徴〔1〕――のあいだに入って送ることになる、息子の未来の生活に想いを馳せようとする。さて奴隷は幼い王子と共に馬に乗り、明け方、とある森の入口で馬を降りる。そして王子を背負い、徒歩で樫の木立ちのなかに入りこんだ奴隷は、象牙笛を吹き鳴らして、待つ。その朝は一羽のクロウタドリが鳴いているが、奴隷はすぐに蹄の音を聞きわけると、心に一抹の不安を覚えて動揺し、艶つやした象牙笛を手に取ろうとしてやっきとなっている王子をたしなめようともしない。やがてケイロンが現われる――以前には下半身は葦毛ぶちであったというが、今ではほとんど真っ白で、人間である頭から垂れ下った髪の色とほとんど同じであり、ちょうど獣から人間への変り目のあたりに、樫の木の葉で編んだ輪をつけている。奴隷は彼の前にひざまずく。ついでに指摘しておけば、モリスは読者にケンタウロスの姿を伝えようともしないし、われわれにそれを想い描くように誘うことさえしていない。彼にとっては、われわれが彼の言葉を信じさえすれば、ちょうど現実の世界と同じように信じさえすれば、それで十分なのだから。

同じような説得法、しかし、より漸進的なそれが、第十四の書の、セイレンたちのエピソードに見られる。その導入の役割を果たすイメージは、いずれも甘美なものである。穏やかな海、オレンジの芳香を運ぶそよ風、まず女魔術師のメデイアによって聞きとられた危険な歌声、いまだそれをはっきり認めてはいなかった船乗りたちの顔にその効果として早くも浮かんだ喜悦の表情、そして、はじめは歌詞もよく分からなかったという信憑性のある事実が、間接的に語られている——

And by their faces could the queen behold
How sweet it was, although no take it told,
To those worn toilers o'er the bitter sea,
(そして女王は彼らの表情から見てとった
たとえ言葉は聞こえずとも　苦しい航海をする
疲弊した船乗りにはそれがいかに甘美であるかを)

この三行が水の精《ディビニダー》たちの出現を用意するのである。妖精たちは、最終的には船乗りたちにその姿を見られることになるものの、それまでは常に一定の距離を保ち、状況描写のなかに組みこまれている——

for they were near enow

To see the qusty wind of evening blow
Long locks of hair across those bodies white
With golden spray hiding some dear delight.

（かなり近づいた彼らは目にした
夕暮の強風にあおられた長い巻き毛が
彼女たちの白い体にからみつき
金色のしぶきが何やら懐しい悦びを隠しているのを。）

最後の一行――「**金色のしぶき**（これは風にあおられた巻き毛のことか、それとも海水か、それともその両方か、それとも何か別のものであろうか？）が**何やら懐しい悦びを隠している**」にもまた別のねらい、すなわち彼女たちの誘惑というねらいがこめられている。こうした二重の意図は、それに続く場面でも繰り返し見られる。つまり、霧のように男たちの視界を妨げる切望の涙である。（これらの技法はいずれも、ケンタウロスの姿形を描写した際の、枝葉の冠の技法と同次元のものである。）さて、セイレンたち[2]に絶望して、怒り心頭に発したイアソンは、彼女たちを**海の魔女**と名付け、オルフェウスにこの上なく甘美な歌をうたわせる。そして緊張が高まるとモリスは、自分がセイレンたちの汚《けが》れを知らぬ口とオルフェウスの口に割り当てた歌は、その時そこで実際にうたわれた歌の変形した記憶にすぎないことを、驚嘆すべき細心の注意を払いながら、われわれ読者に気づかせようとする。他ならぬ色彩が絶えず的確に用いられている——黄色の浜辺、金色の水泡、灰色の薔薇——のも、われわれの郷愁を誘い、感動させる。何故なら、それらはあの古代の薄明かりから、そっと救い出されたもののように思われるからである。セイレンたちは海水のようにとりとめのない幸福を提示するためにうたう——Such bodies garlanded with gold, so faint, so fair（金色の花冠で飾られた、あまりにも儚《はかな》く、あまりにも美しい肉体）。すると、これに対してオルフェウスは、地上の確固たる幸せをうたう。セイレンたちは、ポール・ヴァレリーが——二千五百年後に、いや、たった五十年後だったであろうか？——繰り返すことになるような、気だるい海底の天国を約束する——roofed over by the changeful sea（絶えず繰り返される海を屋根にして）。彼女たちがうたい続けると、それに対抗するオルフェウスの歌が、彼女たちの甘い誘惑に徐々に感染していくのが見てとれるようになる。こうして遂にアルゴ船は通過する。しかし、もはや緊張も解け、船のうしろに長い航跡が伸びた頃になって、あるアテネの貴顕が漕手たちの列のあいだを駆け抜けると、船尾から海に身を投げるのである。

それでは二番目のフィクションとして、ポーの『アーサー・ゴードン・ピムの物語』

（一八三八年）を取りあげてみよう。この小説の秘められたる論拠は、白いものに対する恐怖と軽侮である。ポーは、南極圏の近くで、無尽蔵の白色からなる国に隣接して住む、そして何世代も前から、白い人間と白い嵐の襲来に悩まされてきた種族を想定する。その種族にとって白は呪いであるが、最後の章の最後の行あたりまで、ちゃんと読み進んできた読者にとってもまた呪いになるはずだと、私はそうした一人として告白することができる。この小説の論拠は二つある――ひとつは海上での波乱に豊んだ出来事という、直接的なものであり、もうひとつの確かな、しかし隠された、漸進的な論拠は、最後になって判明する体《てい》のものである。「ある対象の名を言ってしまうことは、言いあてるという楽しみのなかにある、詩の愉悦の四分の三を排除することだ。ほのめかすこと、そこにこそ夢がある」と、マラルメは言ったという。あの細心にして生まじめな詩人が、**四分の三**などという数字を軽々に口にしたとは思われないが、その概念自体は彼にふさわしいものであって、詩人はそれを、夕暮れの流れるような描写において実に見事に実践している――

Victorieusement fuit le suicide beau
Tison de gloire, sang par écume, or, tempête !
（意気揚々と遠のく華麗なる自滅

栄光の燃えさし　泡の血潮　黄金　嵐よ！）

疑いもなく『アーサー・ゴードン・ピムの物語』も同じような暗示法を用いている。白という没個性的な色は、まさにマラルメ的ではなかろうか？（私の考えでは、ポーがこの色を選んだのは直観か、あるいは、その後メルヴィルが、これまた卓越した幻想というべき『白鯨』の「鯨の白きこと」と題する章において公言したのと同じ理由ゆえである。）ここにポーの小説全体を紹介したり分析したりするわけにはいかないから、その秘めたる論理に従属している典型的な個所を——といっても、小説全体がそれに従属しているのだが——訳出するにとどめよう。それは前述の名もなき種族と、彼らの住んでいる島を流れる川に関する記述である。ここで、その川の水が赤かったとか青かったとか決めつけていたとしたら、白さのあらゆる可能性を天から拒絶することになっていたであろう。ポーはこの問題を次のように解決することにより、いっそう豊かな文学空間をつくり出している——「まずわれわれは、その水が汚れているものと思い、どうしても飲んでみる気にはなれなかった。この液体の性質をどうしたら的確に言い表すことができるのか私には見当がつかないし、手っとり早く説明するというわけにもいかないであろう。それは下り勾配ならどこでも、急流となって走っていたにもかかわらず、小さな滝となって流れ落ちるとき以外は、決して澄んだ色をしてはいなかった。勾配がゆるやかな所を流れているときには、濃度の点で、それはアラビア・ゴムと普通の水との濃い混和液のようであった。しかしながら、そのことはこの液体の異常な特質のうちの、一番平凡な性質にすぎない。この液体は無色ではなく、また、いつも何か一定の色をしているのでもない、というのも、流れているときには、まるで玉虫色に輝く甲斐絹《かいき》のように、赤紫のあらゆる色調を呈していたからである。われわれはこの水を大きな容器に入れて、そのなかのかすを沈澱させてみた、すると液体全体がそれぞれ固有の色をしたいくつかの層に截然と分かれて、それらが互いに混じり合わないことが確認された。そして、一定の幅のある各層のなかにナイフの刃を通しても、水がたちどころにその切り口を塞いでしまい、ナイフを引き抜けば、その跡は消えてしまう。ところが、ナイフの刃が二つの層と層の境目にきっちりと、寸分の狂いもなく入れられるならば、それらは完全に二分され、すぐには元通りにならない。*」

これまで述べたところから、小説技法の中心的問題が因果関係にあることは、すぐに導き出せよう。小説という多様なジャンルのなかの一つである、細々《こまごま》として長たらしい心理小説は、現実世界における様々な動機と矛盾しないような動機の連鎖を想定したり配置したりする。とはいえ、そういうやり方が一般的というわけではない。絶えざる有為転変を描く小説においては、そうした動機づけは場違いなものとなる。そしてこのことは、僅か数ページの物語についても、またハリウッドがジョーン・クロフォード*のような銀幕のアイドルたちとともに製作し、多くの都市が何度も読む一大スペクタクル小説についても言える。つまり、これらの小説にはまったく異質の秩序が、輝かしい先祖返りのような秩序が機能しているのだ。魔術の原初の光明が。

そうした古代人の手法、あるいは野心は、フレイザーによって便利な一般法則、すなわち交感という法則に従属させられた。この法則は遠く離れた事物のあいだに必然的なつながりを措定するものであるが、その理由は形状が同じであるから（模倣魔術、類以反応魔《オメオパティ》術《カ》）であったり、以前に近い関係にあったから（感染魔術）であったりする。後者の典型的な例はサー・ケネルム・ディグビー*の軟膏である。つまり、この軟膏は包帯をまいた傷口に塗布されるのではなく、その傷をつけた罪深い刃物に塗られる、すると傷の方は、治療に付きものの激しい痛みを感じることもなく、そのうちに癒着していくという。前者に関する例は無数にある。ネブラスカのインディアンたちは、角やたてがみまで付いた野牛《ビソンテ》のごわごわの皮を着て、昼も夜も砂漠で、野牛を招き寄せるための荒々しい踊りを執拗に続ける。中央オーストラリアの妖術師たちが、みずからの前腕に傷をつけてわざわざ血を流すのは、ゆるぎなく反応するはずの天が、その血を流すごとく雨を降らせてくれるようにするためである。マレー半島の住民は蠟人形を嘖《さいな》んだり侮辱したりするが、それは人形のモデルを呪い殺すためである。スマトラの石女《うまずめ》たちは、妊娠することを願って木製の子供を衣装で飾り、それを可愛がる。これらと同じ類似という理由によって、ショウガ科の植物であるクルクマの黄色い根茎は黄疸の治療に供され、また蕁草《いらくさ》を煎《せん》じたものは蕁麻疹に効くとされた。このような度を過ごした、時として笑止な例は枚挙にいとまがなく、完全なカタログを掲げることなど不可能である。とはいえ、魔術というものが因果性の成就あるいは悪夢であって、決してその矛盾ではないことを論証するに足るだけの例を挙げることはできたと思う。魔術の世界にとって奇跡は、天文学者の世界におけると同じほどありえないことである。魔術の世界はあらゆる自然の法則に支配され、と同時に想像力の法則にも支配されているのだ。迷信深い人にとっては、発砲と死のあいだに見られるような必然的な関連が、ある死と噴まれた蠟人形、あるいは予言的な鏡の破損、あるいはこぼれた塩、あるいは食卓に十三人の会食者がいたという不吉な事実とのあいだにも存在するのである。

こうした危険な符合、熱狂的にして的確な因果性は小説をもまた支配している。モーロ人の歴史家たちは（彼らの残した資料をもとにしてホセ・アントニオ・コンデ博士は名著『スペインにおけるアラブ支配の歴史』をものしたのであるが）、彼らの王やカリフの死について書く場合には必ず、「彼は報酬と褒賞へと導かれて行った」とか、「彼は全知全能者の慈悲のもとへ赴いた」とか、「彼は何年も、何か月も、何日もこの運命を待ち望んでいた」といった書き方をした。何か恐ろしいことを口にすると、それが実際に起こってしまうのではないかという危惧は、現実の世界のアジア的無秩序のなかにあっては場違いな、あるいは無用なものであろうが、注視と反響と類縁性からなる精密な遊びであるべき小説にあってはそうではない。念入りに構成された作品では、あらゆるエピソードがその場景をはるかに越えた広がりを持っている。例えばチェスタトンの幻想的な小説のひとつにおいては、ある見知らぬ男がトラックに轢かれまいとして別の見知らぬ男に飛びかかるが、このやむを得ぬ、しかし驚くべき暴力的な行為は、最後になって彼が、自分の犯した罪に対する処罰を免れるために自分が狂人であると公言する場面を予示するものとなっている。また別の小説では、たった一人の男が（付け髭や仮面や偽名を用いることによって）企てた恐ろしい大陰謀が、二行詩によって不気味に、そして的確に予告されている——

As all stars shrivel in the single sun,
The words are many, but The Word is one.
（すべての星が太陽に吸収されるように
言葉は多けれど、《言葉》はひとつ）

これは後になって、大文字を入れ換えることによって、このように読み直される――

The words are many, but the word is One.
言葉は多けれど、言葉は《ひとつ》なり。

第三の作品においては、当初の草稿――あるインド人が別の男にナイフを投げつけて、殺すという素気ない話――が、実際のプロット――ある男が高い塔の上で友人に矢で突き刺されるという話――と好一対をなす。飛んでゆくナイフ、手に握られている矢。言葉の反響というものは広汎に及ぶのである。私はかつて、エスタニスラーオ・デル・カンポ*がそのガウチョ詩『ファウスト』のなかに挿入した夜明けや、パンパや、夕暮れの描写が、その冒頭でほんの少しなされた舞台の書き割りの言及のせいで、間《ま》の悪い非現実性に侵《おか》されてしまっていることを指摘したことがある。*こうした言葉とエピソードの目的論《テレオロヒーア》は、優れた映画にも広く見られる現象である。例えば『ザ・ショウダウン（持ち札開示）』*の冒頭の場面では、数人のならず者が一人の売春婦を賭けて、あるいはその順番を賭けてトランプをしている。それが最後になると、彼らの一人は、好きな女を自分のものにするために賭けることになる。『暗黒街の掟*』の出だしの会話は密告にかかわるものであり、最初のシーンは街頭での撃ち合いであるが、それらがこの映画の主題を予感させるものとなっている。『宿命*』には、繰り返し現われるテーマがある——刀、接吻、猫、裏切り、ぶどう、ピアノ。しかし、なんと言っても、裏付けと予兆と記念碑からなる、最も完璧な自律的世界の実例はまさに運命的なジョイスの『ユリシーズ』である。ギルバートの解説書に当たってみれば明らかになろうが、それが手もとに無ければ、目のくらむような小説を繙《ひもと》くことだ。それに如くはないのだから。

　これまで述べたところを要約してみよう。私は二種類の因果関係のプロセスを区別した。制御しえない無数の活動の間断のない結果としての自然的プロセスと、そこにおいては細部が予兆となって機能する、輝かしくも限定された魔術的プロセスである。私の見るところ、小説における唯一のまっとうにして可能な方法は後者である。前者は人間の心理のシミュレーションのために取っておけばよかろう。

一九三二年

〔1〕　参照——Cesare armato, con gli occhi grifagni（甲冑に身を固めたカエサルは鷹のような目を光らせていた）。（ダンテ『地獄篇』第四歌、一二三行）

〔2〕 セイレンは時とともにその姿を変える。最初にセイレンに言及した者、すなわち『オデュッセイア』第十二歌の吟遊詩人《ラプソーダ》は、彼女たちの形姿については何も語っていない。オウィディウスにとっては、それは赤みを帯びた羽と乙女の顔を持つ鳥であった。ロードス島のアポロニオスにとっては、上半身が女の姿であとは鳥であった。ティルソ・デ・モリーナ師*と紋章学にとっては、「半女半魚」であった。形姿に劣らず見解が分かれるのは「ニンフ」と呼ばれる彼女たちの正体、あるいは性質である。ランプリエールの古典事典がそれを妖精《ニンフ》と解釈しているのに対し、キシュラの事典は怪物と、そしてグリマルの事典は悪魔と見なしているほどである。セイレンは、キルケの島からほど遠からぬ西方の島に住んでいる。しかし、彼女たちの一人であるパルテノペの遺骸はカンパニアで発見され、彼女の名前が、今日ナポリと呼ばれている名高い都市に付けられた。そして地理学者のストラボンはその墓を目にし、彼女を記念して定期的に催される体操競技と松明をかかげての競走を目撃したという。

『オデュッセイア』はセイレンたちが船乗りを誘惑して破滅におとしいれていたこと、そしてオデュッセウスが、命を落とすことなく彼女たちの歌を聞くために、部下の漕手たちの耳を蜜蠟で封じた上、自分を帆柱に縛りつけるように命じた経緯を物語っている。セイレンたちは彼を誘惑せんとして、世界中のありとあらゆることを教えようと約束した――「われらが口より流れ出る蜜のように甘い声を聞かずして、黒い船にてここを通り過ぎた者とてなく、耳にした者はすべてよろこび、前よりも賢明となって立ち去る。われらは知っている、広いトロイエーにて神々のみ心によりアルゴス人《びと》とトロイエー人《びと》とがうけたすべての苦しみを、われらは知っている、瑞穂の大地で起こったかぎりのことを。」(『オデュッセイア』第十二歌、一九一連〔高津春繁訳〕）アテナイの文献学者、アポロドロスがその著『ギリシャ神話』に収録したある伝承によれば、オルフェウスはアルゴ船上でセイレンたちよりももっと甘美な歌をうたったので、彼女たちはみずから海に身を投じて、岩になってしまったという。彼女たちの魅惑に心を奪われない者が現われたら、その場で死ぬというのが掟だったからである。スフィンクスもまた、その謎を解き明かされると、高い所から身を投げたと言われている。

紀元六世紀には、ウェールズの北部で一人のセイレンが捕えられて洗礼を受け、やがてムルガンという名の聖女となって、ある種の古い暦に登場するようになった。一四〇三年には、また一人のセイレンが防波堤のすき間から入りこんで、死ぬまでハーレムに住んだ。彼女は他人と意思の疎通はできなかったが、それでも糸を紡ぐことを教えてもらい、本能のなせる業であろうか、十字架を崇拝していたという。十六世紀のある記録作家は、彼女は糸を紡ぐことができたのだから魚ではなく、また水のなかで生活できたのだから人間でもない、と論じている。

英語では、古典的なセイレン（siren）と、魚の尻尾を持つそれ、すなわち人魚（mermaid）とを区別している。後者のイメージ形成にあっては、半人半魚という類似性ゆえに、海神ポセイドンに仕える海の神々《トリトーネス》が与《あずか》って力があった。

プラトンの『国家』第十巻においては、八人のセイレンが八つの同心の天球の回転をつかさどっている。

ある獣類事典には、セイレン＝空想の海の動物と出ている。

ポール・グルーサック

私は自分の書庫にグルーサックの本が十冊あるのを確認した。私は快楽主義的な読者を自認している。従って、書物の入手というすぐれて個人的な愛好に、義理とか義務感を介入させた覚えは一度もないし、いったん駄目の烙印を押した作家の新しい本を、今度は面白いのではないかという期待を抱いて再度試してみたこともないし、さらに書物を――不作法なことに――大量にまとめ買いしたこともない。それゆえ、書庫に残っていた十冊の本は、私にとってグルーサックがいつでも読むに値したこと、英語でリーダブルネスと言われる条件を満たしていたことを証明している。スペイン語の書物にあっては、こうした喜びはごく稀なことである――細心の注意を払い苦労してものされた文体の場合、そこに費された辛苦や手間のかなりの部分が読者に感得されてしまうからである。そうした苦渋の跡の感じられない、あるいはそれが隠されている文体を認めることができるのは、私の見るところ、グルーサックとアルフォンソ・レイエス*の作品だけである。

単なる称賛はそれほど意味のあることではない。やはりグルーサックを定義してみることが必要であろう。彼自身によって容認されていた定義――彼を知的なパリの旅人であり、両大陸にまたがる*ヴォルテールの使徒であるとみなすもの――は、まるで学校の教科書に出てくるような定義であって、称揚されるに値する彼にとっても、それを認める国家にとっても気のめいる底《てい》のものである。グルーサックはもともと古典的なタイプの人物ではない――本質的にはホセ・エルナンデス*の方がはるかに古典的である――し、またそうした教育など必要でもなかった。例えば、アルゼンチンの小説がとうてい読むに値しないのは、そこに古典的な節度が欠如しているからではなく、想像力と熱情が欠けているからである。私はアルゼンチン人の生活一般についても同じことを言いたい。

ポール・グルーサックのなかに、教師のごとき叱責、つまり勝ち誇ったような無能に対する知性の聖なる怒り以上のものがあることは明らかである。いわば、蔑視における私心なき悦びといったものがあるのだ。彼の文体は軽蔑することに慣れていたが、私の見るところでは、それがさし向けられた人間にさほどの不都合をもたらすことのない軽蔑である。facit indignatio versum（憤りは詩句をつくる）というラテン語は、彼の散文をよく説明するものではない。なるほど彼の文章は、例えば「図書館《ビブリオテカ》」*に載った名高い宣言のように、時として辛辣きわまる断罪的な調子を帯びることがあるものの、概して抑揚のきいた、そして小気味よいアイロニーの見られる柔軟なものだからである。彼は人を貶《おとし》めるのが上手で、愛情をもってそうすることさえできた。それに対して、称賛の仕方は的確でもなければ、説得力のあるものでもなかった。その点を確認するためには、セルバンテスを論じ、それからシェイクスピアを曖昧に礼賛した、美しくも不実な講演の一部に目を通すだけで十分であろう。つまり、次のような善良な怒りたる義憤——「ピニェーロ博士の主張が金《かね》の力に左右されて一般に流布せず、彼の一年半に及ぶ外交官生活の時宜を得た結実が、〝印象〟をかき立てている範囲がごく一部に限られているのは実に嘆かわしいことである。そのようなことは決してあってはならない。神のお力添えさえあれば、そして少なくともわれわれが関わりを持つ限りにおいては、かくも陰うつな運命が見過ごされることはなかろう」——を、以下のような臆面のなさ、あるいは自制の欠如と照合してみれば十分だと思われる——「私がやって来た時に目にしたのは金色の穀物の勝利であったが、現時点で私が、青い霧にかすむ彼方に眺めるのは陽気なぶどうの収穫祭であり、それは健やかな詩という巨大な花飾りのなかに、ぶどう圧搾工場という豊かな散文をも包含している。そして不毛な大通りとそこにある病んだ劇場のはるか彼方にあって、私は私の足もとに古代のキュベレの新たな胎動を感じたが、永遠に若々しくて多産なこの母神にとっては、静かに休らいでいる冬も間近に迫っている春に向けた胚胎にほかならない……」ここから次のような推論をしてよいものであろうか、彼の良き趣味は唯ただテロリズムのために徴発されてしまったが、悪趣味の方は個人的使用のために取っておかれていると。

作家の死というものは、必ずやある虚構の問題を、つまり彼の業績のどの部分が後世に残るかを詮索する——あるいは予言する——という問題を提起する。この問題は寛大なものである、何故なら、永続的な知的事実が、それを生み出した人間と状況から離れて存在する可能性を想定しているからである。しかし同時にまた、腐敗を嗅ぎまわる営みのように思えて、いささか卑劣なことでもある。断言してもいいが、不滅性の問題はかなりドラマチックである。人間は全面的に存続するか、消滅するかのどちらかであるのだから。人のおかす誤謬は決して害とはならない——もしそれが特徴的なものなら、むしろ貴重である。紛れもない個性を備えたグルーサック（手の届かないところにある自らの栄光を嘆いているルナン）は、存続しないわけにはいかない。彼の南アメリカにおける不滅性は、英国におけるサミュエル・ジョンソンのそれに相当するであろう。二人とも居丈高であり、博学の士であり、辛辣であるがゆえに。

もしグルーサックがヨーロッパや北米の先進国にいたら、ほとんど看過されてしまうような作家ではなかろうかといった、あまり好ましくない見方ゆえに、多くのアルゼンチン人が、われわれの混沌をきわめる共和国における彼の卓越性を否定するかも知れない。しかしながら、やはり彼は卓越した存在なのである。

一九二九年

地獄の継続期間

時代とともに疲弊している思索のひとつに、地獄にまつわるそれがある。他ならぬ説教師たちが地獄をなおざりにしているが、それはおそらく、実際にこの世で行なわれていた異端審問による火焙《ひあぶ》りの刑という、侘しくとも有効ではある人間的例示を奪われてしまったからである。なるほど火刑が一時的なものであることは確かだ。しかしながら、現世的限界のなかにあって、不朽の、消滅することなき完璧な苦痛、神の怒りの相続人たちが永遠に覚えるであろう苦痛のメタファーとして機能しないことはなかろう。この仮説が満足できるものであるか否かは別として、地獄という制度の宣伝活動《プロパガンダ》が全体的に沈滞しているのは明らかだ。（ここで**プロパガンダ**という言葉を用いたからといって、どなたも驚かないでいただきたい。なにしろこの語の系譜は商業にではなくカトリックに属していて、もともと枢機卿たちの会合を意味するのだから。）二世紀、カルタゴのキリスト教神学者テルトゥリアヌスは地獄を想像して、その場の様子を次のように思い描くことができた――「諸君、まことにもって愉快な光景だから、最後の審判を待ちたまえ。それにしても、数多くの傲慢な王やいかさまの神々が暗闇のなかの、この上なくみすぼらしい牢獄において苦痛にあえぐのを見るのは、私にとって驚嘆であると同時に、何という哄笑と拍手喝采と歓喜を誘うものであろうか。また、主の御名を迫害した多くの執政官《マヒストラード》たちが、かつてキリスト教徒が炙《あぶ》られたいかなる火よりも激しい焚き火のなかで身を焦がすのを、多くの厳めしい哲学者たちが、権力を濫用した聴聞官《アウディトール》たち共ども、烈火のなかで真赤になって恥じ入るのを、多くの名だたる詩人たちがミダス王の法廷ではなく、キリストの法廷を前にして震えているのを、さらには多くの悲劇役者たちが、演技ではない真正なる苦悶の表現において、かつてないほど雄弁になっているのを見ることは……」（『光景について』30、ギボンによる引用、および翻訳）。他ならぬダンテでさえ、北イタリアに関わるいくつかの神の裁きをエピソード風に予見するというその偉大な仕事において、テルトゥリアヌスほどの熱意を示すことはなかった。その後に現われるケベード*の文学的な地獄――単なる時代錯誤の機知に富んだ提示――、およびトーレス・ビリャロエル*のそれ――単なるメタファーの提示――は、いずれも教義のさらなる衰退を示すものでしかない。彼らのうちに見られる地獄の頽廃は、終ることのない永劫の責め苦を崇拝するふりをしながら、その実、とっくにそんなものを信じてはいなかったボードレールの場合とほとんど選ぶ所がない。(興味深い語原をひとつあげておくと、何の変哲もないフランス語の動詞 **gêner**〔不快にする、妨げる〕は聖書の力強い言葉 **gehenna**〔地獄〕に由来している。)

では次に、考察を地獄自体に向けてみよう。『イスパノアメリカ百科事典*』のいささかお手軽な、しかし当を得た記事は、その乏しい情報や盲信家の恐れおののいた神学によってではなく、そこに垣間見られる当惑ゆえに、読んで有益である。その記事はまず、地獄という概念が決してカトリック教会占有のものではないことに読者の注意を喚起するが、そこでの本音は、「地獄という野蛮な概念を導入したのがカトリック教会であるとフリーメーソンの団員が唱えているのは正しくない」ということである。しかし、そのすぐ後で、地獄がカトリックの教義であることを確認し、いささかの苦渋を示しながら、次のように付け加えている――「諸々の邪教のあいだに散らばっている真理を、すべて自分の方に引き寄せているのがキリスト教の不滅の栄光である。」地獄というものが自然な宗教の属性なのか、それとも啓示を受けた宗教のみに付与されるものなのか、それはともかくとして、確かに言えるのは、神学上の問題で地獄ほど私を強く惹きつけ、魅惑するものはないということである。私が意識しているのは、糞や焼き串や劫火ややっとこからなる、人口に膾炙して苔むした単純きわまりない神話、あらゆる作家たちが何度も繰り返すことによって、おのれの想像力や品位を傷つけることになっているあの神話ではない。〔1〕そうではなくて、私が言うのは厳密な概念――悪人にとっての永遠の罰の場所――、すなわち、悪人を in loco reali（特定の場所に）、そして a beatorum sede distinto（選ばれし者たちの住処とは異なる場所）に置くことのみを義務とする教義を構成している概念である。その逆の状況を想像するのは不吉なことであろう。その著『ローマ帝国衰亡史』の第五十章において、地獄に対する驚異を取り除こうとしたギボンは、火と暗闇というありふれた二つの要素だけで苦悶の感覚をつくり出すのに十分であり、そこに終りなき永続という観念が付け加われば、際限なく深刻なものになろうと記している。この気難しげな指摘はおそらく、地獄を準備することは容易であるが、かといって、そうした発明の感嘆すべき恐怖が軽減するものではないことを示している。永劫という属性は恐るべきものである。継続性という属性――神による迫害には間隔がなく、地獄には眠りが存在しないという事実――はなおさら恐ろしいが、それは想像できないことである。神罰の永劫性についてはすでに議論がなされている。

この永劫性を無効にする見事な、そして重要な論証が二つある。より古いのは、条件つきの永続性、もしくはその消滅という論理である。この思いやりのある論理によれば、地獄の永続性は堕落した人間に付きまとう属性ではなく、キリストにおける神の恵みである。従ってそれは、それが授与されるべき当の本人に対立すべきものではありえない。呪いではなくて、ひとつの天恵なのだから。それを受けるに値する者は、天とともにそれを受けるのだ。反対に、それを受けるにふさわしくないことが判明した者は、バニヤンが書いたように「死ぬために死ぬ」、すなわち完全な死を死ぬことになる。この慈悲深い理論によれば、地獄というのは神の忘却の人間的な、そして冒瀆的な名称である。この理論の提唱者の一人が、思い出すのも心楽しい小品『ナポレオン・ボナパルトにまつわる歴史的疑問』(一八一九年)の著者で、ダブリンの大司教であったリチャード・ウェイトリーである。

さらに興味深い思索は、一八六九年にプロテスタントのドイツ人神学者ロートによって提起されたものである。彼の議論――これまた地獄に落ちた者たちに対する永遠の罰を否定するという秘かな慈悲によって高められている――は、罰の永遠化は《悪》の永遠化につながると指摘し、神がご自分の宇宙に**そのような**永遠性をお望みになるはずはないと主張する。罪人と悪魔がいっしょになって、神の善意に満ちた意図を永遠に翻弄するようなことがあっては大変だというのだ。(世界の創造が愛のなせる業であることを神学は知っている。**宿命**という言葉は、神学にとっては栄光に向けられた宿命を意味するのであって、劫罰はそれの単なる裏面、すなわち、地獄の苦悶に変りうるひとつの非選択であり、決して神の善意のある特別な行為を構成するものではない。）要するにその理論は、地獄に落ちた者たちにとっての下降し、衰えていく生を擁護しているのだ。《創造》の縁《ふち》と無限の虚ろな空間をさまよっている、そして残りの生で身を養っている彼らを予見しているのである。そして次のように結論づけている――「悪魔たちは無条件で神から遠去かった存在であり、無条件で神の敵であってみれば、彼らの行為は神の王国に敵対するものであり、彼らによって構成される悪魔の王国も、当然のことながら長《おさ》を選出しなければならない。そして悪魔の政府の頭目――《魔王》――は交代制を旨とするものとして想像されなければならない。その王国の玉座に就いた者は、みずからの存在の幻影性ゆえに滅んでしまうが、また悪魔の子孫のなかから新たな支配者が現われる。」（『教義学』I、二四八）

やっと私は、この文章の最も信憑性の稀薄な部分に、すなわち、これまで人間によって形成されてきた、地獄の永遠性を支持する理由に到達した。以下にそれらを、意味の小さなものから順に要約してみよう。まず最初は懲戒的性質のものであって、永遠性のなかにこそ罰の恐ろしさが存すると考え、その永遠性に疑問を呈することは教義の効力をそこなうと同時に、悪魔に力を貸すことにもなると説く。これは警察的次元の論理であって、反駁に値するとは思わない。二番目は次のように言うことができる――**神罰は無限であらねばならない、何故なら、無限の存在たる主の威厳に背くという罪そのものが無限だからで**

ある。この論証はあまりにも射程が広いので、結局のところ何も証明したことにはならない、あるいは、これではありとあらゆる罪が赦し難いものであって、赦しうるような小罪は存在しないことになるという点が、つとに指摘されている。私はさらに、これこそスコラ哲学の軽薄さの完璧の事例であり、その欺瞞性は**無限**という語義の複数性にあると言い添えよう。つまり、この語は主に対して用いられれば**絶対的な**を意味し、神罰に適用されれば**絶え間のない**を意味し、そして罪に向けられた場合には、私の理解の及ばない何かを意味するからである。さらに言えば、ある過ちが無限の存在たる神に背くものであるがゆえに無限であると論じるのは、神が聖なる存在であるがゆえに過ちも神聖であると主張するようなものであり、虎に対して加えられた侮辱は縞模様であるに違いないと言い張るようなものだ。

さて、次に私の前に立ちはだかるのが三番目の、唯一まっとうな論証である。それはおそらく、このようにまとめることができよう——**天国と地獄の永遠性は存在する、何故なら自由意志の尊厳がそれを要求するからである。つまり、われわれは永遠のために行為する能力を有しているのであり、さもなければこの自我は幻影にすぎないことになる**。この説の価値は、その論理性にあるのではない。それをはるかに越えた、きわめてドラマチックな価値である。これはわれわれに恐ろしい賭けをつきつけている。つまりわれわれに、みずからの身を滅ぼすという、悪を志向するという、神の恩寵の働きを拒むという、止むことのない劫火の餌食になるという、われわれの宿命において神を挫折させるという、さらには、永遠の暗闇のなかにあって、忌わしい悪魔たちの仲間《デテスタビレ・クム・カコダエモニブス・コンソルテイウム》になるという権利を与えているのである。君の運命をあだおろそかにすることはできない、とわれわれに告げている——地獄落ちも永遠の救済も、君の生活の一瞬一瞬にかかっているのであって、その責任こそ君の名誉なのだ、と。ここに見られる意識はバニヤンのそれと似かよっている——「地獄の苦悶が私を捕えたとき、神は私を説得しようとはしなかった。また、悪魔が私を誘惑しようとしたわけでもなければ、私が敢えて、底なしの深淵に落ちこもうとしたわけでもなかった。そしてまた、ここでその苦悶を敢えて語るべきでもなかろう。」（『罪人の頭《かしら》に恩寵あふる』序文）

　肉体的苦痛が幅をきかせている、測り知れないわれわれの運命にあっては、いかに突飛なことでも、それこそ《地獄》の永遠性でさえも可能であろう、しかし私は、これを信じることは宗教心の欠如であると思う。

＊

追記

この単なる情報の連なりというべき小文の最後に、もうひとつ夢の情報を付け加えておこう。私は別の夢――天変地異と大騒動からなるおどろおどろしい夢――から逃れ出て、どこか見知らぬ部屋で目覚める夢を見た。明け方のことで、あたりを照らし出した光が鉄のベッドの脚、質素な椅子、閉まったドアと窓、何ものっていないテーブルの形状を明らかにしていた。私は恐る恐る、「どこに居るのだろう？」と自問してみたが、分からないことが分かった。「私は誰だろう？」と考えてみたが、自分を認めることはできなかった。私の裡で恐怖が増大していった。こう考えた――この絶望的な覚醒はすでに《地獄》なのだ、私のこの当てどなき覚醒は永遠に続くのだろう。するとそのとき、震えながら本当に目覚めたのである。

〔1〕　しかしながら、地獄のアマチュアにとっては、誇り高きいくつかの逸脱に思いをはせるのも

悪くはなかろう。シバのキリスト教徒の地獄――上に積み重ねられた四つの広間には、その床に汚水が流れているが、中心となる所はだだっ広くて、埃っぽくて、そこには誰もいない。スウェーデンボリの地獄――天国を拒絶した堕地獄者はその暗澹たる光景を感知することがない。バーナード・ショーの地獄（『人と超人』八六―一三七ページ）――奢侈、芸術、エロティシズム、名声などを巧みに配することによって、その永遠性の恐怖を紛らわそうとしているが成功していない。

ホメーロスの翻訳

翻訳が提起する問題ほど文学、および文学のつつましやかな神秘と本質的に関わっている問題はほかにない。いわば直接的なエクリチュールである創作の場合、虚栄心に煽られた忘却、あまりにも陳腐ではないかと恐れるあまり胸のうちを告白するのをはばかる気持、そして測り知れない影の部分はそっとそのまま奥の方にしまっておこうとする志向によって、テクストがヴェールで覆われてしまう。それに対して翻訳は、美的な議論の解明にさし向けられているように思われる。翻訳が模倣すべきモデルは目に見えるテクストであって、過去の諸々の企てからなる端倪《たんげい》すべからざる迷宮でもなければ、易きにつこうという、一般に歓迎される一時的誘惑でもない。バートランド・ラッセルは、外的対象を潜在的な印象からなる、そして放射状に拡散していく体系であると定義している。言葉というものが測り知れない反響を呼ぶという事実を考慮に入れれば、テクストについても同じことが断言できるであろう。そしてテクストがこうむる数々の転変を示す部分的な、しかし貴重な資料がそれの翻訳なのである。チャップマン*からマニャンに至る『イーリアス』の数多くの翻訳は、ひとつの可変的な事実を様々な視点からとらえ直した、省略と強調の長い実験的な連なりにほかならないのではなかろうか？（必ずしも他の言語に移し換える必要はない。この手のこんだ知的戯れは同一文学のなかにおいても可能だからである。）テクストの諸々の要素を再構成したものは必然的にオリジナルより劣っていると想定することは、草稿9は必然的に草稿Hより劣っていると想定するようなものだ――というのも、本来的には草稿しか存在しえないのだから。**決定的なテクスト**という概念は宗教にこそ、あるいは疲弊した精神にこそふさわしいものである。

　翻訳は劣ったものだという迷信――よく知られたイタリアの格言*によって固定化された迷信――は、うかつな経験によって形成されたものである。もしわれわれが手にするのがよいテクストで、それに見合うだけ繰り返し読んだとするなら、それが変りえない決定的なものだと思われないようなテクストはひとつとしてなかろう。ヒュームは通常の因果性の観念を連続性と同一視した。かくして、優れた映画は二度目に見たときの方が、なおさらよく思われるのだ。われわれは反復でしかないものを必然性と思いこみがちである。有名な書物を読む場合、一回目は実は二回目なのである、というのも、既にある程度の知識を持ってそれを手にするからである。**古典を読み直す**という、月並みな、しかし抜かりのない言葉は、結局のところ無垢なる真実の表現ということになる。「それほど昔のことではない、その名は思い出せないが、ラ・マンチャ地方のある村に、槍掛けに槍をかけ、古びた盾を飾り、やせ馬と足の速い猟犬をそろえた型どおりの郷士が住んでいた」という情報が、公平な神のお眼鏡《めがね》に適うものであるかどうか、私は知らない。ただ私に分かるのは、『ドン・キホーテ』の始まりはこれ以外には考えられず、いかなる変更も冒瀆になるということである。私の想像では、セルバンテスはこのような些細な迷信にはとらわれておらず、おそらく、あの冒頭の一節を見せられても、それが自分のものであることに気づかなかったのではないかと思う。ところが私は、いかなる改変や逸脱も拒絶せざるをえないであろう。生まれてから、スペイン語を使って生活してきた私にとって、『ドン・キホーテ』は形の定まった記念碑であって、それの編集者、製本工、植字工によって行なわれたもの以外の改変は考えられないのだ。ところが『オデュッセイア』の場合は、幸いなことに私がギリシャ語を知らないものだから、ジョージ・チャップマンの連押韻（同じ押韻が二行ずつ続く）の翻訳から、アンドルー・ラング*の欽定訳、ビクトル・ベラール*のフランス古典劇、モリスの勇壮なサガ、そして、サミュエル・バトラー*の諷刺的なブルジョワ小説にいたるまで、各国語の韻文や散文による翻訳が私の書斎に並んでいる。ここにイギリス人の名前が多いのは、イギリス文学が常にこの海洋叙事詩に親しんできたことの証《あか》しであるが、実際のところ、イギリス人の手になる『オデュッセイア』の翻訳を列挙しさえすれば、幾世紀にもわたってその営為が持続してきたことを明かすのに十分であろう。このような豊かさ、多種多様な、時として矛盾さえ見られる翻訳の多さは、英語の変化、原作の単なる長大さ、あるいは訳者たちの能力の相違や文学的偏向のせいばかりではない。そうではなくて、ホメーロス特有であるに違いない次のような事情のせいである——詩人に属するところと、言語に属するところを分別することの絶対的な困難性。こうした幸せな難解さのおかげで、かくも多くの翻訳、いずれも誠実で、真正で、個性的な多くの翻訳が可能になったのである。

ホメーロスの難解さを示す例として、その形容詞に優るものを私は知らない、神々しいパトロクロス、恵みの大地、ぶどう酒の海、単蹄の馬、湿った波、黒い船、黒い血、親愛なる膝、こういった表現が不意に現われてある種の感銘を与える。ある個所では、「アイセーポス川の黒い水を飲む裕福な男たち」のことが語られ、また別のところでは、「麗しの都テーバイにおいて、不幸に苦しみながらも、神々の不可避の決定により、カドメイアの民を支配した」悲劇的な王のことが語られる。アレクサンダー・ポープ（彼の手になるホメーロスの華麗な翻訳については後ほど論じる）は、そうした定型的な形容辞は典礼的な性格を帯びていると考えた。またレミ・ド・グールモン*は、文体に関する長編エッセーにおいて、それらは今でこそその効力を失ってはいるものの、当時は魅惑的であったはずであると論じている。私はむしろ、そうした定型形容辞は、前置詞が今日でもになっている機能を果たしていたのではないかとにらんでいる。すなわち、慣用によってある種の言葉に付与される義務的にして慎ましい音声の機能、そこに独創性など入りこむ余地のない機能である。われわれは、「徒歩で行く」と言う場合 andar *a* pie という構文が正しく、決して *por* pie とは書かないということを承知している。同様に古代ギリシャの吟遊詩人も、パトロクロスには「神々しい」という形容詞をつけて言うのが正しいということを知っていたのだ。彼が美的な効果を意識していたとは決して思われない。もちろん確信しているわけではないが、私はこう推測している――唯一確かなことは、作家に属しているところと言葉に属しているところを区別することが不可能だということである。われわれがアグスティン・モレート*を読んでいて（たまたまアグスティン・モレートの作品を読む気になった場合の話であるが）、

　　女たちはあんなに着飾って　家で

という詩句に出くわしたとすれば、この「日がな一日」todo el santo día〔santoはもともと「聖なる」の意〕の神聖さsantidadがスペイン語の慣用によってもたらされたものであって、作家の創意によるものでないことは明らかである。これに対して、ホメーロスの場合、あれが詩人の意識に基づく強意なのかどうか、永遠に知ることはできない。

抒情詩や哀歌の詩人であったとしたら、こうしたわれわれの不確実性、つまり彼らの作意を認知できないという事実は致命的になっていたことであろう。しかし、長大な話の筋を丹念にたどっていく叙事詩人にとってはそうではない。『イーリアス』や『オデュッセイア』のなかで歌われた出来事は今なお十全な形で存続している。しかしながら、アキレウスとオデュッセウスの姿が、さらにホメーロスが彼らの名を口にしたときに思い描いたことや、実際に彼らについて考えていたことが消え去ってしまったのだ。ホメーロスの作品の現在の状態は、未知の数量と数量のあいだの正確な関係を表わす複雑な方程式のそれに似ている。翻訳する者にとって、これほど豊かな可能性を秘めた対象はない。ブラウニングの最も有名な作品は*、唯ひとつの犯罪に巻きこまれた人びとの供述に基づく十の詳細な情報からなっている。そしてそこに見られる相違はすべて、事実にではなくて、人びとの性格に由来しており、その相違は、ホメーロスのいずれもまっとうな十とおりの翻訳におけるのとほとんど同じくらい大きくて深い。

ヘンリー・ニューマンとマシュー・アーノルドのあいだに繰り広げられた見事な論争（一八六一年―六二年）、おそらく二人の論者自身よりも重要な論争は、二つの基本的な翻訳のあり方に関する縦横無尽なやりとりである。そこでニューマンは、いわば逐語的な方法、すなわち言葉の個別的特徴をすべて保持する方法を主張した。これに対してアーノルドは、読者の注意をそらせたり、読書の流れを止めたりするような細部を断固として排除すべきだと唱えた。換言すれば彼は、各行が必ずしもスムーズではないホメーロスを、簡潔なシンタックス、平明な観念、淀みなき流暢さ、そして格調の高さを備えた、本質的にして定型的なホメーロスに従属させるべきであると主張したのだ。アーノルドの提唱するやり方は、統一性と荘重性のかもし出す喜びをもたらすことができようし、ニューマンのそれは、絶えざる細かな驚きから得られる喜びを可能にするであろう。

それでは次に、ホメーロスのテクストのほんの一節に絞って、その翻訳の推移と運命をたどってみよう。私が取りあげるのは、キムメリオス人の市で、終りのない夜に、オデュッセウスがアキレウスの亡霊に、アキレウスの息子ネオプトレモスのことについて話す場面からである（『オデュッセイア』第十一歌）。

まずバックリーの逐語的な訳――「しかし、われわれが高くそびえるプリアモスの市《まち》を攻略して略奪し終ると、彼は分捕りの分け前と素晴らしい褒美を手にして、傷ひとつ負わず一隻の船に乗船した。実際彼は、鋭利な青銅の刃にかかることもなければ、接近戦において傷つくこともなかった。軍神マルスが狂乱状態に陥る戦いのさなかにあっては、傷つくのがごく普通のことなのであるが。」〔傍点訳者。あとに続くボルヘスの論証との関連において。以下同〕

これまた逐語的であるが、いささか擬古的でもあるブッチャーとラングの共訳――「だが、そそり立つプリアモスの都城が落ちて略奪されるやいなや、彼は戦利品の分け前と貴重な褒賞を手にし、無傷の体で勇躍船上の人となった。彼は鋭利な槍に嘖《さいな》まれることもなければ白兵戦において負傷することもなかった。アレースが錯乱し激昂するが故に、戦さにおいてはそうした危険が満ち溢れているというのに。」

一七九一年のクーパー訳――「遂にわれわれが、そびえ立つプリアモスの市を略奪してしまうと、彼は時を移さず、戦利品をどっさり抱えて、無事船に乗りこんだ。一般に戦争においては、猛り狂ったマルスの意志によって、誰かれの見境いなく負傷するのが常であるというのに、彼は槍や投げ槍によって傷つくこともまったくなければ、白兵戦のさなかに新月刀の刃にかかることもなかった。」

一七二五年にポープが監修した訳――「神々がわが軍に征服の栄誉を授け給い、トロイヤの壮麗なる城壁が土煙をあげて地に落ちると、ギリシャは兵士たちの雄々しい労苦に報いるために、彼の艦隊を数知れぬ戦利品で溢れさせた。かくして大いなる栄光に包まれた彼は、おどろおどろしい戦闘の混乱からつつがなく帰還した。まったく戦場では、槍が鉄の雨霰《あめあられ》となって彼のまわりに激しく降り注いでいたにもかかわらず、それらは虚空を切るのみで、彼は敵から擦傷ひとつ負うことはなかったのである。」

一六一四年のジョージ・チャップマンの訳――「高くそびえるトロイアの市が蹂躙されてしまうと、彼は遠くから彼に向けて投げられた槍や、白兵戦で切り結んだ刀によってかすり傷ひとつ負うことなく、山のような戦利品と財宝を抱えて、美しく飾り立てた船に無事に乗りこんだ。まったくのところ、槍傷や刀傷こそ戦争が兵士にもたらす恩恵であるのに、彼は（それを望みながらも）その恩恵に浴することがなかったのだ。白熱した戦闘にあっては、マルスはいつでも戦うというわけではない――怒り狂うのである。」

一九〇〇年のバトラーの訳――「ひと度その市《まち》が占領されてしまうと、彼は獲得した戦利品の分け前を受け取って、船に積みこんだが、それは莫大な額に値するものだった。彼はあれほど激しくも危険な戦闘においてかすり傷ひとつ負うことはなかった。周知のように、あらゆることが運次第なのである。」

最初の二つの逐語的な翻訳が読者の心をうつことができるのは様々な理由による――市《まち》

の略奪に対する恭《うやうや》しい言及、人は誰でも戦争において負傷するものだという純朴な言明、戦闘における限りなき無秩序と唯ひとりの神、つまりその神の狂気という事実とのいささか唐突な結合である。そのほかにも副次的な喜びを味わうことができる。ひとつは引用した最初のテクストに見られる、「一隻の船に乗船した」se embarcó en una naveという効果的な冗語法である。いまひとつは二番目のテクストの、「戦さにおいてはそうした危険が満ち溢れているというのに」y muchos tales riesgos hay en la guerraという個所に見られる等位接続詞y〔英語のandに相当〕の用法で、ここではこのyが従位接続詞の機能〔……というのに〕をになっている。[1]三番目のクーパーの訳が、この中で最も当たり障りがないと言えよう。ミルトン風の荘重な文体が当然許されてしかるべき所でさえ節度を守っているからである。ポープの訳は並外れている。彼の華麗な（まるでゴンゴラのような）語法は、大仰な表現のいささか配慮を欠いた、そして機械的な使用によって規定できるであろう。例えば、主人公のたった一隻の黒い船が、その翻訳では艦隊へと格上げされている。ポープのテクストは全体にわたって、常にこうした増幅あるいは誇張に支配されているが、その文体的な特徴を大きく二種に分けることができる。ひとつは純粋な雄弁体――「神々がわが軍に征服の栄誉を授け給い」――であり、いまひとつは視覚的文体――「トロイアの壮麗なる城壁が土煙をあげて地に落ちると」――である。雄弁と壮大な光景、ここにポープの真骨頂がある。情熱的なチャップマンの訳にもまた華がある。しかしその筆致は抒情的であって高揚した雄弁調ではない。これに対してバトラーは、視覚に訴えるような描写は極力排除し、ホメーロスのテクストを一連の冷静な情報に変えようという意図をはっきり示している。

上にあげた数々の翻訳のうち、どれがいちばん正確な訳であろうかと、おそらく私の読者はそう訊ねるに違いない。くり返して言うが、どれひとつとして正確ではないか、あるいはすべてが正確なのである。もし、その正確さがホメーロスの想像したところ、および彼が描いた二度と戻ることのない人物や日々に対するものであるとするなら、現在のわれわれにとってはどれひとつとして正確な翻訳ではありえない。しかし十世紀のギリシャ人にとっては、すべてがそうなのであろう。また、正確さがホメーロスの作意にかかわるものであるとするなら、私の引用した訳はいずれも正確であると言えよう。もっとも逐語訳は除外しなければならない。それらはその価値をひとえに、当時の慣習と現在のそれとの対比に負っているのだから。バトラーの静穏な翻訳を最も正確と見なすのは、あながち不可能ではない。

〔1〕　ホメーロスのもうひとつの習癖に、反意接続詞のかなり顕著な濫用がある。いくつか例を挙

げてみよう――

「死んでしまえ、しかし私だってゼウスやその他の不死の神々がそれをお望みになるのであれば、その時には死の運命を受け入れようぞ。」『イーリアス』第二十二歌。〔傍点訳者以下同〕

「アクトールの娘、アステュオケー。この慎ましやかな乙女が父の邸宅の高殿に上っていった。しかしその時アレース神がこっそり彼女を抱いてしまった。」『イーリアス』第二歌。

「(ミュルミドーン族の者たちは) 生ま身をくらう狼のようで、気性は猛々しく、山のなかで角を生やした大鹿を倒し、引き裂いてはむさぼり食っていたが、彼らはみな口もとを血潮で真っ赤に染めていた。」『イーリアス』第十六歌。

「ここから遠く離れて、寒風吹きすさぶドードーネーをお治めになるゼウス神よ。しかし、そのあたりには、足も洗わず、地に臥して寝る、あなたの僕たる司祭たちが住んでいる。」『イーリアス』第十六歌。

「女よ、このわれわれの愛を喜ぶのだ。一年《ひととせ》が巡り来たれば、お前は麗しい子を生むであろう。神々の情が実を結ばぬことはないからだ。しかし、お前はその子供たちを愛《いつく》しみ育てるのだ。さあ、もう家に帰り、このことは誰にも言わずに胸に秘めておくのだ。だが、私は大地を揺がすポセイドンだ。」『オデュッセイア』第十一歌。

「その次に、逞しいヘーラクレース、いや、その幻を見た。しかし彼自身は不死の神々のあいだにあって宴《うたげ》を楽しみ、大いなるゼウスと黄金のサンダルのヘラのあいだに生まれた姫たる、美しい踝《くるぶし》のヘーベーを妻としている。」『オデュッセイア』第十一歌。

ついでに、最後の引用個所のジョージ・チャップマンの鮮やかな英訳を付け加えておこう
——

Down with these was thrust
The idol of the force of Hercules,
But his firm self did not such fate oppress.
He feasting lives amongst th'immortal States
White-ankled Hebe and himself made mates
In heav'nly nuptials. Hebe, Jove's dear race
And Juno's whom the golden sandals grace.

（これらと共にヘーラクレースの
力の偶像は押し倒された　しかし
その運命も猛き彼を抑圧することはなかった。
彼は不死の神々の間で饗宴に明け暮れ
天上の婚礼にて白き踝のヘーベーを
娶《めと》った。ヘーベーは大いなるゼウスと
黄金のサンダル輝くヘラの愛姫なり。）

アキレスと亀の果てしなき競争

宝石という言葉が内包している意味——小さな貴重品、壊れることのない優美な繊細さ、持ち運びのこの上ない容易さ、決して見通すことのできない明澄性、時代を超越する花——をここで想起することは、正当である。アキレスの逆説を形容するのに宝石に優るものはなかろう。二十三世紀以上も前から、それを無効にしようとする決定的な反駁にさらされながらも、超然として動じなかったがゆえに、もはや不滅と称えても構わないあの逆説である。この永続的な逆説によって、われわれ人類はこれまで繰り返し神秘的な感慨を覚え、微妙な無知を思い知らされてきたが、これらは感謝せずにはいられない寛大な贈り物と言うべきである。それではここで、せめてその逆説がもたらす当惑と内なる秘密を確認するために、もう一度それを体験してみよう。私は数ページを、すなわち読者と共有する若干の時間を、その逆説の紹介とそれに対する最もよく知られた修正策の紹介にあてようと思う。周知のように、それを提起したのは、宇宙では何も生起しえないと主張したパルメニデスの弟子にあたる、エレアのゼノンである。

まず書物が私に、その栄光に満ちた逆説の二つの解釈を提示してくれる。最初は『イスパノアメリカ百科事典』[*]の第二十三巻に見られるもので、以下のような用心深い記述に限られている――「運動は存在しない――アキレスはのろまな亀に追いつかないであろう。」この際、こんなに控え目な定義はひとまず措《お》くとして、G・H・ルイス[*]のもう少し詳しい説明に依拠することにする。ちなみに彼の『伝記的哲学史』は私が初めて（虚栄心からか好奇心からか覚えていないが）手にした思想書であったが、そこにおける記述を、私なりに書き直せばこうなろう――迅速さの象徴であるアキレスは遅鈍の象徴である亀に追いつけるはずである。亀より十倍速く走れるアキレスは、十メートルのハンディキャップを負って同時に走り始める。アキレスがその十メートルを走ると、亀は一メートル走る。アキレスがその一メートルを走ると、亀は十分の一メートル走る。アキレスがその十分の一メートルを走ると、亀は百分の一メートル走る。アキレスがその百分の一メートルを走ると、亀は千分の一メートル走る。アキレスがその千分の一メートルを走ると、亀は千分の一メートルの十分の一走る。こうして無限に続くがゆえに、アキレスは亀に追いつくことなく永遠に走ることになる。これが不滅の逆説である。

では次に、いわゆる反駁に移ろう。最も多くの年月を経た反論（アリストテレスとホッブズのそれ）はジョン・スチュアート・ミルの見解のなかに包摂されている。ミルにとってはこの問題は、混乱によってもたらされた数ある誤謬の一例にすぎない。彼はこのように類別することにより、逆説を無効にしえたと思いこんでいるのだ——

詭弁のもたらす結論においては、**永遠**は想像しうる限り好きなだけの時間の経過を意味する。しかし前提においては、好きなだけの数の時間の細分を意味する。つまり、十の単位と十で割り、その商をまた十で割るといった具合に何回でも好きなだけ割っていくことができるが、そうして行なわれた細分が終点に達することはないし、それゆえ、そうした操作の行なわれている時間の細分が尽きることもない。しかしながら、限りない回数の細分化は限りあるもののなかにおいて行なわれている。従って、その論理が証明しているのは、例えば五分間のなかに包含しうる無限の継続ということでしかない。その五分間が終るまでは、まだ残っている部分を十によって割ることができ、それからまた十によってと、気の済むまで割ることができようが、結局のところ、その継続時間の全体が五分間であるという事実と矛盾することにはならない。要するに、有限の空間を通過するためには、無限に分割可能な、しかし無限ではない時間を要することを証明しているのだ（ミル『論理学大系』第五書、第七章)。

読者の見解がいかなるものか、ここで忖度《そんたく》することはしないが、私の見るところ、スチュアート・ミルの提起した反駁は、この逆説のひとつの解説でしかないと思われる。アキレスの速度を、例えば一秒で一メートルと定めさえすれば、彼が必要とする時間の測定は可能となろう。

$$10+1+\frac{1}{10}+\frac{1}{100}+\frac{1}{1{,}000}+\frac{1}{10{,}000}\cdots\cdots$$

この無限の等比級数の総和の限界は十二(より正確には十一と五分の一、なおさら正確に言えば、十一と二十五分の三)であるが、そこには決して到達しない。とはすなわち、英雄の走行は無限にして彼はいつまでも走り続けることになろう。しかし彼の行程は十二メートルを前にして衰え、彼の永久性は十二秒の終りを見ることはなかろう、ということである。こうした秩序立った解消、時とともにますます小さくなっていく隙間《すきま》への終ることなき落下は、この逆説に対して決して否定的に働くものではない——要は、想像力の問題である。それに走者たちだって、視界がぐんと縮小してしまうだけでなく、彼らの占める場所が顕微鏡的な規模にまで達するという驚嘆すべき縮小ゆえに、この上なく小さくなってしまうということを忘れずに認めるようにしよう。さらにまた、不動と恍惚を追い求めるという彼らの絶望的な営為において、数珠つなぎになったあの隙間が空間を、そして大きな眩暈とともに現実の時間を侵食していることをも考慮に入れておこう。

もうひとつの反論は、一九一〇年にアンリ・ベルクソンが名高い『意識に直接与えられているものについての試論』*において提起したものである。以下がその部分である――「実際われわれは、一方で、事物は分割できるが行為は分割できないことを忘れて、運動にそれが通過する空間の可分性そのものを付与する。また一方では、この行為そのものを空間のうちに投写し、それを運動体の通過する線に沿ってあてはめる、要するに、この行為を固体化する習慣があるのだ。われわれの意見では、運動と運動体の通過した空間とのこうした混同から、エレア学派の詭弁が生じたのである。実際、二点を分かつ間隔は無限に分割できるので、もし運動が間隔を形成しているのと同じような部分から成りたっているとすれば、間隔が越えられることは決してなかろう。しかし現実には、アキレスの一歩一歩は分割できない単純な行為であって、その行為が一定の回数くり返されれば、アキレスは亀を追い越してしまうであろう。エレア学徒たちの錯誤は、この分割できない一連の**独自の**行為を、下でそれを支えている等質的空間と同一視することに由来するのである。この空間はいかなる法則によっても分割され、再構成され得るので、彼らは、アキレスの全運動をもまた、もはやアキレスの歩みをもってではなく亀の歩みをもって作り直すことができると思いこんでしまった。そして、亀を追いかけるアキレスの代りに、実は、一方が他方より必ず前に位置するように定められた二匹の亀、後から決して追いつくことがないように、同じ種類の歩み、あるいは同時的な行動をするように宣告された二匹の亀が置かれているのだ。どうしてアキレスは亀を追い越すことになるのか？　それはアキレスの一歩一歩と亀の一歩一歩とが、運動たる限りにおいては分割できぬものであり、空間たる限りにおいては大きさを異にするからである。従って、アキレスの通過した空間が、亀の通過した空間と亀が出発時にアキレスよりも先に出ていた隔《へだ》たりとの総和より以上の長さとなるのは時間の問題であろう。アキレスの運動を亀の運動と同一の法則に従って構成し直した時のゼノンは、このことをまったく考慮に入れていなかった。つまり彼は、ある種の気ままな分解や再構成に適応しうるのは空間だけであることを忘れ、空間と運動とを混同してしまったのである。」(『意識に直接与えられているものについての試論』のバルネスによる西訳版、*八九—九〇ページ。ただし、訳者の明らかな思い違いは訂正しておいた。）この論理は妥協の産物である。ベルクソンは、空間は無限に分割可能であることを認めておきながら、時間はそうではないと言う。また読者を楽しませるために、一匹の亀を二匹にしたりしている。つまるところ彼は、彼が相容れないと考える時間と空間を並べているにすぎない――**完璧な熱意あふれる新しさ**を装った、ウィリアム・ジェイムズの唐突な、そして不連続の時間、および一般的な信仰たる無限に分割できる空間である。

　私は消去法により、やっと私が唯一のものと認める反論に、つまり知性の美学が要求する、独創的というにふさわしいインスピレーションに裏打ちされた唯一の反論に到達した。それはバートランド・ラッセルの提示したものである。私はそれをウィリアム・ジェイムズの崇高な一書『哲学の諸問題』のなかで知ったが、その説の全体的概念はラッセルの著書――『数理哲学序説』一九一九年、および『外界に関するわれわれの知識』一九二六年*――、人間業とは思えないほど明晰にして濃密ではあるが、どことなく不満の残る著書において展開されている。ラッセルにとって数を数えるという操作は（本質的に）二つの対等の数列を較べるということである。例えば、エジプト中のすべての家の長男が《天使》によって殺されたが、門に赤い印のついた家に住んでいた長男だけはその難を免かれたとすれば、赤い印と同じ数の者が助かったということは明らかであって、双方の数を数えてみるまでもない。この場合、その数量は不定であるが、他にもまた、そこにおいて数量が無限の演算《オペラシオン》がある。自然数の数列は無限である、しかしわれわれは奇数の数と偶数の数が同じであることを証明できる。

1に2が対応し
3に4が対応し
5が6に対応し……等々。

この間然するところなき証明は実に他愛ないものである。しかし、次に掲げる三〇一八の倍数は自然数の数だけあることの証明となんら選ぶところはない。

1に3018が対応し
2に6036が対応し
3に9054が対応し
4に12072が対応し……等々。

同じことは三〇一八の累乗についても確認することができる。もっともこの場合、進んでいくにつれて、数があまりにも拡散してしまうきらいはあるが。

1に3018が対応し

2に3018^2＝9,108,324が対応し

3に………等々。

これらの事実から得た天才的なひらめきによって、ある無限の集合、例えば自然数の数列においてはまた、その構成要素がそれぞれ無限の系列へと拡散していくという公式が導かれることになった。そして、計算の極めて高い領域にあっては、部分は全体に劣らず豊富である――宇宙に存在する点の正確な数は、宇宙の一メートルに、あるいは十センチメートルに、はたまた悠久なる星の軌道に存在する数にほかならない。アキレス問題は、こうした雄大な答えのなかに包含されうるのである。亀が瞬間瞬間に占めているそれぞれの場所はアキレスが占めている場所と比例関係にあること、つまり対称的な双方の系列が、一点一点で微細に対応しているという事実は、両者が対等であると言明するのに十分である。出発の時点で亀にアドバンテージとして与えられた距離がいつまでも残ることはない――亀の行程の最終地点、アキレスの行程の最後、そして彼らの競争の最後の瞬間は、数学的に言えば、それぞれ合致する項なのである。これがラッセルの解決である。これに対してジェイムズは、論敵の技術的優越性を認めながらも、敢えて異議を唱える。ラッセルの主張は（と書いている）真に困難なところを避けている、つまり彼は、競争が行なわれ

たことを前提とし、問題は両者の行程を均等化することにあるとするが、その際彼が考慮に入れているのは無限の**不変なる**範疇だけであって、それの**増大する**範疇を無視している。だいいちラッセルは、ことさら二つの行程を必要とはしないのではないか——競争者のどちらかひとつの行程でも、いや空虚な時間の単なる流れでさえ、その先に置かれた間隔が絶えず現われては、その進路を妨害するのであってみれば、困難さを包含しているのだから（『哲学の諸問題』一九一二年、一八一ページ）。

私はやっと、われわれの思索ではなく、私の小文の最後にたどり着いた。ジェイムズが指摘したようにエレアのゼノンの逆説は、ただ単に空間の現実だけでなく、より強靭にして、しかも繊細な時間の現実をも侵害する。さらに付け加えれば、肉体を備えた存在も、不動の永続性も、人生におけるある午後の流れも、その逆説を前にすると冒険を感じて警戒する。そうした心の動揺はひとえに**無限**という言葉によってもたらされる。われわれが軽率にも生み出してしまった不安をかきたてる言葉（従って概念）、そして、いったんある思考の中に入りこむと、そこで破裂して、その思考を台無しにしてしまう言葉によってである。（かくも不実な言葉の流通に対する古代の戒《いまし》めの例はほかにもある——中国の梁《りょう》王朝にまつわる伝説で、歴代の王の笏《しゃく》は、新たな王が就任するたびに、半分の長さにされたという。そして王家によって繰り返し切断されたその笏はいまだに存在するという。）

さて私の見解であるが、これまで錚々たる思想家の説を紹介したあとでは、それは取るに足らないと同時に場違いでもあるという二重の危険を冒すことになろう。それでも、一言ここに書きつけておこう——ゼノンは、われわれが空間と時間の観念性を認めない限り、対応できない。われわれは観念論を受け入れよう、認識したものの具体的な増大を受け入れよう、そして逆説の深淵が繁殖するのを回避しよう。

私の読者は訊ねることだろう、この一片のギリシャの暗闇を介してわれわれの宇宙観を揺さぶることができるのだろうか、と。

ウォルト・ホイットマンに関する覚え書*

文学を実践していると、一冊の絶対的な書物、つまりプラトンの原型よろしくすべてを包含するような、そしてその価値が時間の経過によっても損われることのないような、書物の中の書物を作りたいという野望にかられることがある。そうした野望を抱いた作家たちは雄大な主題を選んだ——ロードス島のアポロニオス*は危険に満ちた大洋に乗り出した最初の船を、ルカヌス*は英雄同士が血で血を洗うカエサルとポンペイユスの死闘を、カモンイス*は東方へ赴いたポルトガルの艦隊を、ダンはピタゴラスの教義に従って魂の輪廻転生を*、ミルトンは人間の原罪と楽園を、フィルダウスィーはサーサーン朝の王たちの治世を*選んだのである。これに対して、雄大な主題でなくても重要な書物を作ることができると考えた最初の文学者は、私の見るところ、ゴンゴラであった。彼の代表作である長編詩

『孤愁』で語られるとりとめもない話の筋は、カスカーレス*（『文芸にまつわる書簡』Ⅷ）とグラシアン*（『一言居士』Ⅱ・4）が指摘し論難しているように、意図的に些細なものになっている。マラルメにとっては、主題が些細であるだけでは十分ではなく、彼は否定的な主題を探究した——花あるいは女の不在、詩が書きつけられる前の一枚の紙の白さ。彼はペイターと同じように、あらゆる芸術は音楽を、すなわち形式が即内容であるような芸術を志向すると感じていた。「世界は一冊の書物に到達するために存在する」というマラルメの誇り高き信仰告白は、「神々は後世の人びとにも歌があるようにと破滅の糸をつむぎ給うた」（『オデュッセイア』第八歌の末尾）というホメーロスの名言を言い換えているように思われる。イェイツは一九〇〇年ごろ、人間一般の記憶、つまり個々の意識の下の方でひそかに鼓動している《大いなる記憶》を呼び起こすような諸々の象徴を操ることによって、絶対的なるものを追求したが、そうした象徴を後にユングが言うところの元型になぞらえることもできよう。バルビュス*は、これまで不当に看過されてきた小説『地獄』のなかで、人間の赤裸々な根源的な行為を詩的に物語ることによって時間の限界を超越した（超越しようと試みた）。そしてジョイスも『フィネガンズ・ウェイク』において、相異なる時代の諸相を同時的に提示することにより、同じことをしようとした。永遠の様相を獲得するために意図的にアナクロニズムを操作するという技法は、パウンドやT・S・エリオットによってもまた行なわれている。

いま私はいくつかの文学手法を思い起こしてみたが、そのどれひとつとして、一八五五年にホイットマンが実践したものほど奇抜なものはない。それについて検討する前に、これから私の言わんとするところを多かれ少なかれ予告している二、三の意見を紹介しておきたい。まず初めはイギリスの詩人、ラセルズ・アバクロンビーのそれで、彼は次のように書いている――「ホイットマンはみずからの高潔な体験から、現代文学の数少ない記念碑の一つというべき、あの生き生きとした、いかにも個性的な人物像を創り出したが、それはとりもなおさず彼自身の像である。」二番目はサー・エドマンド・ゴス*のものである――「一人の真実のウォルト・ホイットマンなど存在しない……ホイットマンはいわば原形質の状態にある文学である。言い換えれば、彼はいかにも単純な知的有機体であって、その傍に近寄ってくる者たちすべてを反映することしかしないのである。」三番目は私自身の見解である*――「ホイットマンについて書かれたものはほとんどすべて、相も変らぬ二つの誤りによって歪められている。ひとつは、ドン・キホーテが『ドン・キホーテ』の主人公であるのと同じように、『草の葉』の神格化された主人公であるホイットマンを、文人ホイットマンと気軽に同一視してしまうこと。いまひとつは、論者たちが彼の詩の文体と語彙を、とはすなわち、自分が解明しようとしている驚嘆すべき現象そのものを、軽率にもみずからの文章に取り入れてしまうことである。」

例えば、オデュッセウスの伝記（アガメムノン、ラエルテース、ポリュフェーモス、カリュプソー、ペネロペー、テレマコス、豚飼い、スキュラ、そしてカリュブディスらの証言にもとづいた伝記）が存在するとして、そこにオデュッセウスは故郷イタケーから一歩も外に出なかったと書かれていると想像してみよう。幸いなことに架空であるこの伝記がわれわれにかきたてるであろう失望感は、ホイットマンについて書かれるすべての伝記に共通するものである。ホイットマンの詩の楽園のごとき世界から、彼の生涯を構成する味気なくも平凡な日常へと移行するのは侘しいことである。逆説的なことに、この避けがたい侘しさは、伝記作家が二人のホイットマン――『草の葉』の「友情あふれる雄弁な野蛮人」と、その人物を創り出した哀れな文人――の存在を看過しようとするとき、いっそう募ることになる。[1] 現実の哀れな文人はカリフォルニアにもプラット峡谷にも一度も行ったことはなかった。しかし詩のなかのホイットマンはプラット峡谷において、頓呼法を用いた即興の詩を作り（「この景観を作りし霊よ」）、またカリフォルニアでは炭坑夫であった（「ポーマノクからの旅立ち」1）。現実の詩人は一八五九年にはニューヨークに居たが、詩集のなかの「野蛮人」は、その年の十二月二日に、ヴァージニアで年老いた奴隷制廃止論者、ジョン・ブラウンの絞首刑に立ち会っている（「流星の年」）。詩人はロングアイランドの生まれであり、「野蛮人」もまたそうであった（「ポーマノクからの旅立ち」1）が、こちらはまた南部のある州の生まれでもあった（「望郷の歌」）。前者は品行方正にして控え目で、どちらかといえば寡黙であったが、後者は奔放にして情熱に溢れ、いささか放埒であった。こうした両者の相違の数を増やしていくのは容易である。しかし、ここで確認すべきより重要なことは、『草の葉』が提示している幸せな放浪者だけでは、そのような詩を書くことはできなかったであろうということである。

バイロンとボードレールは、それぞれの卓越した作品においてみずからの不幸を劇的に歌い、ホイットマンはその幸福を歌った。（そして三十年後、ニーチェはスイスの小村ジルス・マリーアでツァラトゥストラを発見することになろう。この偉い学者は幸福である、というよりは、何はともあれ幸福を勧める。だが彼の場合、実在していないという欠陥がある。）そのほかのロマン主義的な主人公たち――ヴァテック*がその系譜の最初であるが、エドモン・テストがその最後というわけではない――は他者とは異なるみずからの個性をたっぷりと強調する。しかしホイットマンは謙虚に、そして熱烈に、万人と似通うことを願望する。『草の葉』は「男女を問わない民衆からなる、集合的な大いなる個人の歌である」（『全集』V、一九二ページ）。あるいは、彼自身の不滅の言葉（「ぼく自身の歌」十七）で表現すれば――

実はこれはすべての時代すべての国のすべての人のいだいた思想、けっしてぼくの独
　創ではない、
ぼくのものでありながらもしも君のものでもないのなら、それにはなんの価値もなく、
　あるいはないも同然だ、
もしも謎でありながら謎を解くことでもないのなら、それにはなんの価値もなく、
遠く離れておりながらもしも身近なものでもないのなら、それにもまったく価値がな
　い。

これは陸地があり水が流れるところならどこにでも生える草、
これは地球をひたす普遍の空気。*

汎神論は、神とは相反する様々なもの、あるいは（こちらの方が望ましいが）雑多な寄せ集めであることを宣言するような一連の言葉を世間に広めてきた。その典型は次のようなものである――「わたしは儀式である、わたしは供物である、わたしはラードの献酒である、わたしは火である」（『バガヴァッド・ギーター』IX、十六）。ヘーラクレイトスの

「神は昼と夜、冬と夏、戦争と平和、飽満と飢餓である」という「断片・六七」はさらに古く、曖昧である。プローティーノスは弟子たちに想像を越えた天上を説くが、そこでは「あらゆるものがあらゆる所にあり、いかなるものもすべてのものであり、太陽はすべての星であり、個々の星はすべての星であり、太陽である」(『エンネアデス』V、八、四)。十二世紀のペルシャの詩人、アッタールは、自分たちの王たるシムルグを探し求める鳥たちの苛酷な遍歴を歌っている——鳥たちの多くは力尽き、海に落ちて死ぬが、生き残った鳥たちは最後に、自分たちこそシムルグであり、シムルグとは彼ら一人ひとりであり、彼ら全員であることを悟る。こうした同一性の原理を拡大させる修辞的可能性は無限であるように思われる。ヒンドゥー教の経典やアッタールをも愛読していたエマソンは、それらの影響のもとに短詩『ブラフマ』を残しているが、それを形成している十六行のうち、おそらく最も記憶に値するのは次の一行である——When me they fly, I am the wings(彼らがわたしから飛び去るとき、わたしは彼らの翼だ)。よく似ているものの、さらに根源的なのがシュテファン・ゲオルゲの言葉である——Ich bin der Eine und bin Beide(わたしは一人にして二人である)(『盟約の星』)。ウォルト・ホイットマンはこうした操作を一新した。彼のやり方はそれまでの作家たちのように、神を定義したり、言葉の《交感や相違》をもてあそんだりするものではなかった。彼は獰猛なまでのやさしさでもって、すべ

ての人びとと一体化することを望んだのである。例えば、こう言っている(「ブルックリンの渡しを渡る」六)

〔ぼくは〕わがままで、見えっぱり、強欲で、浅はかで、陰険で、卑怯で、意地悪で
オオカミも、ヘビも、ブタだってぼくのなかには欠けていない

また、このように(「ぼく自身の歌」三三)――

…………

ぼくこそその船長、苦しんだのはぼく、居合わせたのもぼく。

殉教者たちの自尊と平静
魔女と宣告されて、わが子の凝視するさなか、乾燥した薪《たきぎ》で焼かれた昔の母親、
猟犬に追われて逃走中に力つき、柵に寄りかかり、息をはずませる汗みずくの奴隷、
脚と首を針さながらに刺す痛み、残忍に襲いかかる猟銃や小銃の弾丸、
これらすべてをぼくは感じ、これらすべてがぼくなのだ。

ホイットマンはこれらすべてを感じ、これらすべてであったが、彼は根本的には――単なる歴史的存在ではなく、神話上の存在として――以下の二行が表現するところのものであった（「ぼく自身の歌」二四）――

ウォルト・ホイットマン、一つの宇宙、マンハッタンの息子、
手のつけられぬ乱暴者、肉づきがよく、好色で、食い、飲み、そして産み殖《ふ》やす。

彼はまた未来の存在、すなわち、次のような予言によって告知され、創り出されているわれわれの郷愁に満ちた未来における存在ともなろう（「今いのちに満ち溢れて」）――

今いのちに満ち溢れて、引き締まった現身《うつしみ》の姿でいる、
合州国紀元八三年に生きる四〇歳のぼく、
今より一世紀のち、あるいは幾世紀かを経たのちの世の人に、
まだ生まれこぬ君に、君の姿を探し求めつつこれらの歌を。

君がこれらの歌を読むときかつて現身《うつしみ》だったぼくはすでに見えぬ姿となり果てている、
こんどは君だ、引き締まった現身で、ぼくの姿を探し求め、ぼくの詩を成就するのは、
もしもぼくが君といっしょで君の僚友になることができたらどんなに幸福かと思うだろうが、
構わずぼくもいっしょだということにすればいい。(信じすぎてもらっても困るが、
今ぼくは君といっしょだ)

あるいはまた(「別れの歌」四、五)

仲間よ、これは断じて本なんかじゃない、
これに触れた者は実は人間に触れているのだ、
(今は夜か、ここにはわたしたちが二人きりか)、
…………
わたしは君が大好きだが、今は物質に別れを告げ、
現身《うつしみ》を脱ぎ捨てて、死を勝ちとった勝者となる。〔2〕

現実の人間としてのウォルト・ホイットマンは民主党機関誌「ブルックリン・イーグル」の編集者をつとめ、みずからの思想の基礎を、エマソンやヘーゲルやヴォルネら*の書物のなかに見出した。詩のなかの人物としてのウォルト・ホイットマンはそれを、ニューオーリーンズの寝室やジョージアの戦場における想像上の体験によって示されるがごときアメリカとの接触から抽出した。よく考えてみれば、この手法がまやかしであるとは決して言えない。虚偽の事実も本質的には真実でありうるからだ。よく知られているように、イギリスのヘンリー一世は、息子の死後二度と笑わなかったと伝えられている。おそらくは偽りであるに違いないこの事実は、国王の落胆ぶりを示す象徴としては真実でありうる。一九一四年、ドイツ人がベルギー人の人質を虐待し、手足を切断したという噂が流れた。その情報は疑いもなくでっちあげであったが、それは侵略というものがかきたてる測り知れない恐慌状態を巧みに要約していた。なおさら赦されてしかるべきは、自分の思想を、これこれしかじかの書物や書物の要約に負っているのではなく、実体験から得ている人の場合である。ニーチェは一八七四年に、歴史は周期的に繰り返されるというピタゴラスの命題を一笑に付した（『生に対する歴史の利弊』二）。ところが一八八一年、ジルヴァプラーナ湖畔の森に沿う道を散策中、彼は不意に《永劫回帰》のヴィジョンにとらわれる（『この人を見よ』九）。ここに剽窃の概念を持ち出すのは、さもしくも不粋な探偵根性というもの。ニーチェはそんなことで問責されたら、重要なのはある概念がわれわれの裡にもたらす変化であって、その概念の単なる理論化ではない、と答えるであろう。〔3〕唯一の神の概念の抽象的提示が後者であるとするなら、前者は、アラブの羊飼いたちを砂漠から駆りたてて、アキテーヌからガンジス川に至る果てしなき戦いへと導いた真理の閃光のごときものである。ホイットマンのねらいは一人の理想的な民主主義者を提示することであって、理論を展開することではなかった。

ホラティウスがプラトン的、あるいはピタゴラス的なイメージを用いて、おのれの天上での変身を予言してからというもの、詩人の不滅性は文学における古典的なテーマとなっている。このテーマに言及することを好む者たちは、誰かの歓心を買ったり、仕返しをしたりするのでなければ、虚栄心を満たすためにそうしたのである——Not marble, not the gilded monuments（大理石も、金色の記念碑も……）。* ホイットマンは未来の読者一人ひとりとの関係において、そのテーマにかかわっている。そして彼は、みずからを読者と同一化し、もうひとりのホイットマンと会話する（「こんにちは世界くん」3）——

何が聞こえるウォルト・ホイットマン。

かくして彼は永遠のホイットマンに、千八百年代のアメリカの老詩人たるあの友に、そしてまた伝説に、またわれわれの一人ひとりに、また幸福になったのである。彼の仕事は巨大にして、ほとんど人間離れしたものであったが、その勝利も劣らず巨大であった。

〔1〕ヘンリー・サイデル・キャンビー*（『ウォルト・ホイットマン論』一九四三年）とヴァイキング・プレス社版のホイットマン選集の編者、マーク・ヴァン・ドーレン*は、二人のホイットマンの相違をはっきり認識している。私の知る限り、この二人ほどよく分かっている者はほかにいない。

〔2〕この頓呼法のメカニズムは入り組んでいる。われわれは、詩人がわれわれの感動を予想して感動しているということに感動を覚える。次のフレッカー*の詩を参照されたし。これは千年後にこれを読むであろう詩人に向けられたものである――

おお　まだ生まれていない見知らぬ友よ
われらの甘美な英語を究《きわ》める君よ
夜ひとりで僕の言葉を朗読してくれ給え
――僕は詩人で　僕は若かった。

〔3〕理論と信念は別ものであって、いかなる哲学的理論に対するいかに深刻な反駁といえども、

その理論を提唱した著作のなかにすでに包含されているのが普通である。プラトンは『パルメニデス』において、アリストテレスが彼を論駁するために登場させた《第三の人間》の議論*を予知している。バークリー（『対話』三）は、ヒュームの反論を予知していた。

亀の変容

ほかの概念を侵食し惑乱させるひとつの概念がある。私は、その領域が倫理に限られている《悪》のことを言っているのではない。私が言わんとするのは無限のことである。あるとき、変幻自在な無限にまつわる歴史を編《あ》んでみたいという強い思いにかられた私は考えた。あの多頭のヒュドラ（沼にすむ大蛇にして、等比数列の予表あるいは標章にもなっている怪物）が、その本の扉にふさわしい恐怖をもたらし、カフカのおぞましい悪夢が掉尾を飾ることになろう。そして、中ほどの諸章においては、ニコラウス・クザーヌス*の名で知られる、中世ドイツの枢機卿、ニコラウス・フォン・クースの推測が欠けることはなかろう。円周のなかに、無限の数の角を持つ多辺形を見出した彼は、無限の線は直線であると同時に、三角形でも、円でも、球でもあろうと書き残したのである（『知ある無知』、

I、十三)。形而上学、神学、数学などを五年、あるいは七年ほど勉強すれば、私でも(おそらく)そうした書物を、まともな形で作りあげることができるであろう。もっとも、言い添えるまでもないことだが、私の人生はそのような希望を、さらには、おそらくという副詞をさえ禁じている。

以下に記すのは、そうした幻の書『無限の伝記』の一部となってしかるべきものである。そのねらいは、ゼノンのあげた四つの逆説の二番目に関して、それがどのような変容をとげたか、そのいくつかを記録することである。

ではまず、その逆説を思い起こしてみよう。

アキレスは亀より十倍速く走ることができ、競争に際して、亀はアキレスの十メートル前から出発する。アキレスがその十メートルを走ると、亀は一メートル走る。アキレスがその一メートルを走ると、亀は十分の一メートル走る。アキレスがその十分の一メートルを走ると、亀は百分の一メートル走る。アキレスがその百分の一メートルを走ると、亀は千分の一メートル走る。こうして《駿足》のアキレスが千分の一メートル、亀が千分の一メートルの十分の一といった具合に無限に続き、いつまで経ってもアキレスは亀に追いつけない……これがもっとも一般的な形である。ドイツの哲学史家、ヴィルヘルム・カペレ(『ソクラテス以前の諸派』一九三五年、一七八ページ)は、ゼノンについて書いたアリストテレスの原テクストを以下のように訳している――「ゼノンの第二の論証はアキレスの論証と呼ばれているものである。ゼノンの論理はこうである。つまり、いかに足の速い者でも足の最も遅い者に追いつくことはできないであろう、というのは、追いかける者は必然的に、絶えず追われる者が通り過ぎた地点を通らざるをえないから、その結果、足の遅い者が常に一定のリードを保つことになるからである。」このように、表現は変っても、問題の本質は変らない。それにしても、英雄と亀によってこの論証を豊かにした詩人の名前を知りたいものだ。この逆説が広く人口に膾炙するようになったのは、二人の魔術的な競争者と次の級数に負っているのだから――

$$10+1+\frac{1}{10}+\frac{1}{100}+\frac{1}{1000}+\frac{1}{10{,}000}+\cdots\cdots$$

今では、これに先立つ第一の論証――その論理構造は同一である、競争コースに関する論証――を覚えている者などほとんどいない。運動は不可能である（とゼノンは主張する）、何故かといえば、動体は目的の地点に達するためにはまずその半分の地点を通過しなければならない、そしてその前に半分の半分を、さらにその前に半分の半分の半分を、さらにその前に……〔1〕

われわれがこれらの論証を知ることになったのはアリストテレスのペンのお陰であり、それに対して最初の論駁*をしたのも彼である。彼の反論はきわめて短いものであり、その短さはおそらくゼノンの論証に対する軽蔑の念を示しているのであろうが、それでもアリストテレスは論証を介して、プラトンのイデア説に対する批判としての、あの有名な**第三の人間説***の着想を得たのである。イデア説は、共通の属性を備えた二つの個体（例えば二人の人間）は単に、永遠の原型の一時的な現われにすぎないことを証明しようとする。これに対してアリストテレスは、多くの人間と《人間》――一時的な姿としての個人と《原型》――には共通の属性があるのだろうかと自問する。明らかに共通するものがある――それは人間という一般的な属性である。であるとするなら（とアリストテレスは主張する）、それらすべてを包含する**別の原型**を措定する必要が生じ、さらにまた第四のそれを……パトリシオ・デ・アスカラテ*は、『形而上学』のスペイン語訳に付した註において、次のような主張をアリストテレスの弟子によるものとして挙げている――「もし、多くの事物について言われていることが、同時にそうした事物とは異なる、別個の存在にも共通するものであるとするなら（そして、これがプラトン学派の主張するところだが）、**第三の人間**の存在が必要となる。この**人間**は個体と同時にイデアにも適用される名称である。つまり、個々の人間ともイデアとも異なる第三の人間が存在するのだ。すると今度は、第三の人間および、個々の人間とイデアに対して同様の関係にある第四の人間が存在することになり、さらに第五の……と、このようにして無限に遡行することになろう。」ここで類概念《ヘネロ》cを構成する二つの個体aとbを措定してみると、次のようになる――

a+b=c

しかしアリストテレスによれば、それはまた次のように拡散していく――

a+b+c=d
a+b+c+d=e
a+b+c+d+e=f
…………

厳密に言えば、個体は二つ必要ではない――アリストテレスの明かした**第三の人間**を規定するためには、ひとつの個体と類概念があれば十分である。エレアのゼノンは運動と数を否定するために無限の遡行《インフィニータ・レグレシオン》に頼り、彼の反駁者はプラトンの普遍的形式を否定する

ためにそれを利用する。〔2〕

このとりとめのない小文が記録する、ゼノンの逆説の次なる変奏は、懐疑論者アグリッパ*のそれである。彼は何かが証明され得るという事実を否定する、なぜなら、あらゆる証拠は、それを証明する先行の証拠を必要とするからである（『隠れた象徴』I、一六六）。セクストゥス・エンピリクス*も同じような論法で、定義など虚しいものである、というのも、まずその定義のために用いられた言葉をすべて定義し、それから定義自体を定義しなければならないからである、と論じている（『隠れた象徴』II、二〇七）。その千六百年後、バイロンは『ドン・ジュアン』に付した「献辞」で、コールリッジを諷刺してこう歌うであろう――「彼に自分の解説を解説してもらいたいものだ。*」

ここまで**無限の遡行**は否定のために用いられていた。しかし聖トマス・アクイナスは、神の存在を論証するためにこれを利用する（『神学大全』一、二、三）。彼によれば、宇宙の事物で動力因《カウサ・エフィシエンテ》を持たないものはなく、その動力因も明らかに先行する別の原因の結果である。そして世界は原因の果てしなき連鎖であり、個々の原因はまたひとつの結果でもある。従って個々の状態は、先行する状態から派生し、その後の状態を決定する。しかしながら、その連続の全体が前もって在ったとは限らない、というのも、連続を形成する諸々の名辞《テルミノ》は条件つきのもの、すなわち偶然に左右されるものだからである。にもかかわらず世界は在る。ここからわれわれは非偶然の第一原因を推定できるが、これこそが神である。これは神の宇宙論的証明であるが、アリストテレスとプラトンはそれを予見していた。後になってライプニッツが再発見することになるものである〔3〕。

ヘルマン・ロッツェ*は、客体Aの変化が客体Bの変化をもたらすことを認めないようにするため、遡行に訴える。彼はこのように論じる――もしAとBとが独立した存在であるなら、AのBに対する影響を措定することは、とりもなおさず第三の要素たるCを措定することになる。そしてCがBに作用するためには第四の要素たるDが必要となろう。同様にDはEがなければ作用できないであろうし、またEはFがなければ作用できないであろうし……彼はこうした途方もない妖怪のような増殖を回避するため、この世には唯一の客体――スピノザの神に相当する、無限にして絶対的な実体――が存在するという結論に達する。かくして他動的な原因は内在的原因となり、諸々の事象は宇宙の実体の示現《じげん》、あるいは変奏になる。

これと似ているものの、なおさら驚くべきはF・H・ブラッドリー*の考えである。この理論家は（『外見と現実』一八九七年、一九―三四ページ）因果関係を論駁するにとどまることなく、ありとあらゆる関係を否定する。まず彼は、ある関係はそれを構成している名辞《テルミノ》と関係づけられているかと問いかける。そして、その答えが然《しか》りであることを認めると、そのことはまた別の二つの関係の存在を認めることになり、そうするとさらにまた二つの関係の存在を容認することになると結論づける。「部分は全体より小さい」という公理においても彼が認識するのは、二つの名辞と、「より小さい」という関係ではない。彼は三つの名辞（「部分」、「より小さい」、「全体」）を認識するのであって、これらの結びつきは、また別の二つの関係を意味することになり、かくして無限にまで拡散していく。「フアンは死すべき存在である」という判断において、彼はわれわれがどうしても結びつけることのできないような、三つの相容れない概念（三つ目は繋辞である）を認識するのだ。彼はあらゆる概念を、他とは遊離した、きわめて強固な対象に変えてしまう。彼を論駁することは、とりもなおさず非現実に汚染されることである。

ロッツェは原因と結果のあいだに、ゼノンの周期的にくり返される深淵を置いたが、ブラッドリーはそれを、主体と属性とのあいだにではないものの、主辞と賓辞のあいだに置いた。一方、ルイス・キャロル（『マインド』第四巻、二七八ページ）は、三段論法の第二の前提と結論のあいだにそれを持ちこむ。つまり彼は、終ることのない対話を提示するのであるが、そこでの対話者はアキレスと亀である。いつ果てるとも知れぬ競争をやっと終えた二人の競争者は、心静かに幾何学について話し合っている。二人が検討しているのは次のような明白な論理である——

(a)　第三のものに等しい二つのものは互いに等しい。
(b)　この三角形の二辺はＭＮに等しい。
(z)　この三角形の二辺は互いに等しい。

亀は(a)と(b)の二つの前提は認めるものの、これらの前提が結論を正当化することを否定する。そこでアキレスは仮説命題を一つ介在させざるを得なくなる――

(a)　第三のものに等しい二つのものは互いに等しい。
(b)　この三角形の二辺はＭＮに等しい。
(c)　もし(a)と(b)が正当であれば、(z)は正当である。
(z)　この三角形の二辺は互いに等しい。

このような簡単な修正がなされると、亀は(a)と(b)と(c)の正当性を認めるものの、(z)については認めない。するとアキレスは、憮然として言い添える――

(d)　もし(a)と(b)と(c)が正当であれば、(z)は正当である。*

キャロルは、ギリシャ人の逆説が距離の漸減する無限級数であるのに対し、自分の提示した逆説においては、距離が漸増すると言っている。

最後の例を挙げよう。おそらくこれは、これまでのうちで最も優雅な、と同時にゼノンに最も近いものである。ウィリアム・ジェイムズ（『哲学の諸問題』一九一一年、一八二ページ）は、十四分という時間の経過を否定する。なぜかと言えば、そのためにはまず七分を経過する必要があり、また七分の前に三分三十秒を、さらにまた三分三十秒の前に一分四十五秒を経過しなければならないからである。かくしてこの進行は、時間という隠微な迷宮を通って、見えざる終末に至るまで果てしなく継続することになる。

デカルト、ホッブズ、ライプニッツ、ミル、ルヌーヴィエ、*ゲオルク・カントル、*ゴンペルツ、*ラッセル、そしてベルクソンらが、亀の逆説をそれぞれのやり方で解明してきたが、それらが必ずしも説得力を欠いた虚しいものというわけではない。（私はそのいくつかを紹介しておいた。）また、読者もすでにお気づきのように、この逆説の適用範囲は実に広汎にわたる。歴史がこれまで提供してくれたものがすべて、というわけではさらさらなく、目のくらむようなこの**無限の遡行**は、おそらくあらゆるテーマに適用しうるのである。例えば、美学に——これこれの詩行はこれこれのモチーフゆえにわれわれの感動を呼ぶが、そのモチーフはまた別のモチーフゆえに……。認識の問題——知《コノセール》ることは認める《レコノセール》ことであるが、認めるためには前もって知っていることが必要である、しかしながら、知ることは認めることである……。こうした弁証法をどう判断したものであろうか？　これは真理探究の合法的な手段なのであろうか、それともひとつの悪しき習慣に過ぎないのであろうか？

　秩序立った言葉の寄せ集め（哲学はこれ以外ではない）が宇宙と酷似しうると考えることは危険である。しかし、卓越した寄せ集めのうちのあるものが——よしんば極微であるにしても——他のものにも増して、それに似ているという事実を否定することもまた、同じく危険である。私はこれまで、一定の評価を得ているいくつかの説を検討してきたが、私の見るところ、そこに宇宙の様相をかいま見ることのできる唯一の説はショーペンハウアーの唱えるそれである、と敢えて言いたい。彼の理論によれば、世界は意志によって構築されたものである。芸術は常に、可視的な非現実を必要とする。一例をひくだけで十分であろう——芝居の登場人物たちが口にする、比喩的で言葉数の多い、あるいはさりげなく偶然をよそおった台詞がそうである……。われわれはすべての観念論者が認めていること、すなわち、この世の幻影性というものを認めよう。と同時にわれわれは、観念論者の誰ひとりとしてしなかったことをしよう、つまり、そうした幻影性を確認するような非現実性を探求するのだ。そして、われわれはそれをカントの二律背反とゼノンの弁証法のなかに見出すことができるだろうと、私は考えている。

「最も偉大な魔術師とは（と、ノヴァーリスが記憶に値する文章を遺している）、みずからの幻影を自律的な存在と思うほどにも自分自身を惑わすことのできた者のことである。それはとりもなおさず、われわれのことではなかろうか？」私もそのとおりだと推測する。この世界を夢想したのは、（われわれの裡にあって作用する不可分の神たる）《われわれ》である。そしてわれわれは、それを堅固にして、神秘的で、可視的な、空間において遍在し、時間において揺るぎのないものとして夢想した。しかし同時にわれわれは、世界が偽りであることを明かすために、その構造の随所に、隠微にして永続的な不条理の裂け目を入れることに同意したのである。

〔1〕 この一世紀後、中国の詭弁家の恵子は、一本の杖を毎日半分に切っていっても、杖は永遠に無くならない、と論じた（H・A・ジャイルズ『荘子』一八八九年、四五三ページ）。

〔2〕 プラトンは『パルメニデス』——この書がゼノン的性格を帯びていることは否定し難いが——において、一が実は多であることを証明するために、これとよく似た論法を展開している。

つまり、もし一が存在するとするなら、それは存在を具有することになる、従って、一は二つの部分、つまり一と存在から成っている。しかし、それら二つの部分の各個も一であると同時に存在であるから、それぞれがまた二つの部分を包含し、この二つのそれぞれがさらに二つをといった具合に無限に続いていく。ラッセル（『数理哲学序説』一九一九年、一三八ページ）は、プラトンの等比級数を等差級数に置き換えている。つまり、もし一が存在するとするなら、それは存在を具有する。しかし、存在と一は相異なるものであるから、そこには二が存在することになる。しかし、存在と二は相異なるものであるから、そこには三が存在する……等々。荘子（アーサー・ウェーリ『古代中国における三つの思考法』二五ページ）も他ならぬ無限の遡行を用いて、《万物》（宇宙）が一者であると宣言する一元論者たちに対抗し、こう主張する——「まずもって、宇宙の一元性とその一元性の宣告ですでに二者である——その二者とその二元性の宣言ですでに三者であり、その三者とその三元性の宣言ですでに四者であり……」ラッセルは、**存在**という用語の曖昧性ゆえにそうした論証は無効になってしかるべきだと述べている。さらに彼は、数は単なる論理上の虚構であって、実在するものではないと言い添えている。

〔3〕今では死滅したこのような証明のエコーが『天国篇』の冒頭の一行に鳴り響いている——"La gloria di Colui che tutto move"（万物を動かす者の栄光は）

〔4〕私はウィリアム・ジェイムズの解説に従っている（『多元的宇宙』一九〇九年、五五—六〇ページ）。マックス・ヴェンチャー『フェヒナーとロッツェ』一九二四年、一六六—一七一ページ参照。

『ブヴァールとペキュシェ』の弁護

ブヴァールとペキュシェの物語は単純であるが、その単純さに騙されてはならない。二人の筆耕（彼らの年齢はドン・キホーテと同じく五十にならんとしている）が、強い友情をとり結ぶ。そして、ブヴァールにころがりこんだ遺産のおかげで二人は職を辞し、田舎に居を構えて、そこで好きなことをする。つまり、農事、造園、缶詰の製造、解剖、考古学、歴史の研究、記憶術、文学、水治療法、心霊術、体操、教育法、獣医学、哲学、宗教的実践などを試みるのだが、そうした雑多な仕事や研究のいずれにおいても失敗する。こうして二、三十年が経過し、ついに幻滅した二人は（ここまでくればわれわれも、その《行為》が時間のなかというよりは永遠のなかで起こっていることを認めることができよう）、指物屋に、両側に書台のついた仕事机を注文し、ふたたび以前のように筆耕の仕

事をはじめる。〔1〕

フロベールはその生涯の最後の六年をこの小説の構想と執筆に費した。結局、作品は未完に終ったが、その評価は大きく分かれることになった。『ボヴァリー夫人』の熱烈な称賛者たるゴス*はこれをひとつの錯乱とみなし、レミ・ド・グールモン*はフランス文学の、さらにはおよそ文学の最高の作品と評することになるであろう。

エミール・ファゲ*（かつてヘルチュノフ*に《陰鬱なファゲ》と呼ばれた批評家）は、一八九九年に、『ブヴァールとペキュシェ』を批判する論文をあますところなく視野におさめるという長所を備えたモノグラフィーを発表したが、これはこの小説を検討し評価する場合に重宝な研究である。ファゲによれば、フロベールは人間の愚かさをテーマにした叙事詩を夢想した、そして、あまり意味のないことに（パングロスとカンディド、そしておそらくはサンチョとドン・キホーテといったペアを思い起こしながら）、そこに**二人の**主人公を配したものの、二人は互いに補完し合うわけでもなければ対立するわけでもなく、そうした二重性にしたところで、ただ単に会話を持続させるためのひとつの方法にすぎなかった。このような木偶《でく》の坊を創造した、あるいは措定したフロベールは、二人に無数の本を読ませるが、**彼らはそれを理解しないために**読むのである。ファゲは、この操作が児戯に類することであるとしてその危険性を論難する。そして、フロベール自身が二人の愚か者の読後の反応を想像するために、千五百点に及ぶ農学、教育学、薬学、物理学、形而上学などの専門書や論文を、それらを理解するまいという気持で読んでいると指摘する。ファゲはこう言っている――「もし誰かが、何も理解することなく読んでいる人間の気持になりきり、それにこだわって読むとすれば、彼自身も程なくしてまったく理解しなくなり、みずからの責任で愚鈍になることができる。」実を言えば、五年にわたる共同生活がフロベールをペキュシェとブヴァールに、あるいは(より的確に言えば)ペキュシェとブヴァールをフロベールに変えてしまったのだ。二人の人物は、小説の冒頭では愚か者として、作者に軽視され揶揄されている気味がある。ところが第八章になると、かの有名な言葉が見られる――「すると気の毒な精神作用が二人に生まれてきた。愚劣なものを見ると、どうにも我慢できなくなるという精神作用である。」さらにまた――「新聞の広告だの、金持ちの横顔だの、偶然小耳に挟んだ愚かしい意見など、ろくでもないことが彼らを憂鬱にした。」〔新庄嘉章訳〕フロベールはこの瞬間に、ブヴァールと、そしてペキュシェと和解している。神と被造物の和解である。おそらくこのことはあらゆる長編小説において、あるいは単に生命力に満ちた作品において起こりうることである(ソクラテスがそのうちプラトンになり、ペール・ギュントがイプセンになるように)。しかしわれわれがここで目撃しているのは、類似の比喩によって表現するとすれば、夢見る者が自分自身を夢に見ていることに、そしてその夢の形態が自分自身であることに気づく瞬間なのである。『ブヴァールとペキュシェ』の初版が出たのは一八八一年三月のことである。早くも四月には、アンリ・セアールがこのような定義を試みている――「二人の人物によって表現された一種のファウストである。」プレイヤード版ではデュメニールが次のように断言している――「『ファウスト』第一部冒頭の主人公の独白の最初の言葉に、『ブヴァールとペキュシェ』の構想のすべてがある。」ファウストが哲学はもちろん、医学に加えて法学、さらには神学までも学びぬいたが無駄であったと嘆くあの台詞である。それとは別に、ファゲもまたこう書いている――「『ブヴァールとペキュシェ』は、愚者でもありうるファウストの物語である。」われわれはこの警句を忘れずにおこう。ある意味では、混みいった論争のすべてが、ここに要約されているからである。

フロベールの明言するところによれば、彼の目的のひとつは近代の思想の総点検であった。この作品を酷評する者たちは、そうした点検が二人の愚か者の手に任ねられているという事実自体が、その作業を無効にするまっとうな理由になると反駁する。二人の道化がこうむる災難から、宗教や諸々の学問や芸術の虚しさを推論するというのは、ぶしつけな詭弁、あるいは粗野な錯誤以外のなにものでもない。ペキュシェの挫折をニュートンの挫折と同列に論じることなどもってのほかだ、というわけである。

こうした論断を拒絶するために一般に行なわれているのが、その前提を否定することである。例えば、ディジョンとデュメニールは、フロベールの弟子にして盟友であるモーパッサンの一文を引き合いに出すが、それはブヴァールとペキュシェは「共に平凡で単純ではあるものの、かなり明晰な精神の持ち主」というものである。そしてデュメニールはその「明晰な」という資質を強調している。しかしながら、モーパッサンの証言は——もし入手可能なら、フロベール本人の証言でさえ——「間抜けな」という形容詞を容易に連想させる、作品のテクストそのものより説得力があるとはとても思えない。

従って、敢えて言えば、『ブヴァールとペキュシェ』の正当化は美学的次元においてなされるべきことであって、三段論法の四つの格や十九の式とはほとんど、いやまったく関わりがない。論理の厳密性もさることながら、一方では根源的な言葉を狂人や単純な人間の口を介して語らせるという、ほとんど本能的な伝統の存在を認めなければならない。例えば、イスラム教徒が白痴に対して払っている敬意を思い起こしてみよう。白痴の魂は天に奪われてしまったと考えられているのである。神がこの世で愚者を選び給うたのは、知者を恥じ入らせるためであるという、聖書の随所に見られる記述を思い出してみよう。より具体的な例がお望みということであれば、単純さの顕著な高峰であると同時に神智の深淵でもあるチェスタトンの『マナリーヴ』に、あるいは、神の最良の御名は**ニヒルム**

（無《ナダ》）であって、「神自身、ご自分が何《ケ》であるかご存じない、何故なら神は何《ケ》かではないから……」と論じた、ヨハネス・ドゥンス・スコトゥス＊に思いを馳せてみればよい。皇帝モクテスマ＊は、道化は賢者よりも多くのことを教えてくれる、彼らは臆することなく真実を語るからだ、と言った。結局のところ、厳密な論証や哲学的論駁《デストルクティオ・フィロソフォルム》をすることなく、ひとつの諷刺を作りあげたフロベールは、みずからの最終的な懐疑と心の奥処に秘めた恐れとを、用心深く、実に巧みに二人の無責任な男に託すことができたのである。

さらにまた、より深遠な正当化をいま見ることもできる。フロベールは、ハーバート・スペンサーの熱烈な読者であった。この哲学者の『総合哲学体系』の第一巻『第一原理』には、宇宙は不可知であると書かれているが、その十分にして明らかな理由はこうである——ある事実を説明するということは、それをより一般的な別の事実に関連づけることであって、この過程には限りがない〔2〕、あるいは、すでに余りにも一般的になった真実に達してしまい、それを別のものに関連づけること——すなわち説明すること——ができなくなってしまう。科学はいわば無限の空間のなかにあって大きくなっていく有限の球体である。そして、それが膨張するたびに、未知の領域をどんどん取りこんでいくが、それでも未知なるものが尽きることはない。フロベールはこう書いている——「まだわれわれはほとんど何も知ってはいないのに、できることなら、われわれに決して明かされることのないであろう、あの最後の言葉を言い当てたいと思ったりする。しかし、究極に到達したいという熱望は、人間の抱く最も不吉にして最も不毛な偏執である。」芸術は必然的にシンボルの操作によって成立する。最大の球体であっても、無限の空間にあっては一点にすぎない。二人の愚かしい筆耕はフロベールを表現するだけでなく、ショーペンハウアーを、あるいはニュートンをも表現することができるのだ。

テーヌはフロベールに向かって、彼の小説の主題には十八世紀的な筆致、つまりジョナサン・スウィフトのごとき簡潔さと辛辣さ（le mordant）が必要であると繰り返した。テーヌがスウィフトを持ち出したのは、おそらく、これら二人の偉大な、そして悲哀を帯びた作家のあいだに、ある種の類似を感得していたからであろう。両者とも人間の愚劣さを寸鉄人を殺すがごとき激しさで憎悪した。両者とも、長い年月をかけて馬鹿げた意見や陳腐な言葉を収集することにより、その憎悪感を実証した。両者とも科学の野望を打ち砕こうと願ったのである。スウィフトは『ガリヴァー旅行記』の第三篇において、厳《いか》めしく巨大な学士院について述べているが、その会員のひとりは、人間が肺を使わないで済むようにと、話し言葉を撤廃することを提案する。別の会員は、枕やクッションを作らんとして大理石をやわらかにする。なかには、毛のない羊という変種を繁殖させたいと望んでいる者もいた。またある者は、言葉を手あたり次第に組み合わせる、鉄の取っ手のついた木の枠組みを用いることによって、宇宙の謎を解明できるものと信じている。このやり方はラモン・リュル*の『大いなる術《アルテ・マグナ》』とは相反するものであるが……。

ルネ・デシャルムは『ブヴァールとペキュシェ』における年譜を検討し、その難点を指摘した。二人の主人公の行動期間はほぼ四十年に及んでいるが、彼らが体操に没頭するのは六十八歳のときであり、またペキュシェがはじめて恋を知るのもこの年といった具合だからである。しかしながら、これほど多くの状況的要素の詰めこまれた小説にあっては、時間は静止していると言える。二人のファウスト（もしくは双頭のファウスト）による諸々の試行とその失敗以外には何も起こらないからである。いわば、尋常なる有為転変や宿命や偶然といったものが欠落しているのだ。クロード・ディジョンは「小説の最後に登場する脇役連中も、冒頭と同じ人物である。誰も旅をしていないし、誰も死んでいない」と指摘し、さらに別のページで、こう結論づけている――「フロベールの知的誠実さが彼をひどい目に会わせた。すなわち、彼は知的誠実さゆえに哲学的物語を書くという重荷を背負い、小説家の筆をそちらに差し向けなければならなかったからである。」

晩年のフロベールに見られるぞんざいさ、あるいは無頓着、あるいは放縦ぶりは、批評家たちを当惑させた。私はそこにひとつの象徴を見ることができるのではないかと思う。『ボヴァリー夫人』によって写実主義小説を確立した男はまた、それをうち壊した最初の人間でもあったのだ。つい最近のことだが、チェスタトンが「小説がわれわれと共に死滅する可能性は大いにある」と、書いていた。実際、小説の滅亡はすでに起こりつつあるのだが――あの地図と時間表を備えた精緻きわまる『ユリシーズ』は、このジャンルの輝かしい断末魔ではなかろうか？――、フロベールは本能的にそれを予感し、『ブヴァールとペキュシェ』の第五章において、バルザックの「統計的な、あるいは民俗学的な」小説を非難し、またゾラの小説については、その長大さゆえに指弾しているのである。それゆえ、『ブヴァールとペキュシェ』の時間は永遠に向けられている。それゆえ、二人の主人公は死ぬこともなく、カーンの近くで、一九一四年にも一八七〇年にも関知することなく、彼ら自身の時代錯誤的な《愚言集》を筆写し続けるであろう。それゆえ、この小説は過去に向かっては、ヴォルテールやスウィフトや東方の寓話に目を注ぎ、未来に向かってはカフカのそれを見つめているのである。

おそらく、もうひとつ鍵がある。スウィフトは人類の野望を揶揄するために、その仕事を小人や猿に委ねた。そしてフロベールはそれを二人のグロテスクな人物に委ねたのである。もし世界の歴史がブヴァールとペキュシェの歴史であるとするなら、それを形成しているものがすべて滑稽にして脆いものであることは明らかである。

〔1〕 私はここに、フロベール自身の運命に対するアイロニカルな言及を認めることができると思う。

〔2〕 懐疑論者のアグリッパは、あらゆる証明はその都度それの証明を必要とするから、その操作は無限に続くと論じている。

フロベールと彼の模範的な宿命

イギリスにおけるフロベール崇拝を追いやろう、あるいはそれに水を差そうという意図のこもった論文で、ジョン・ミドルトン・マリー*は、二人のフロベールに言及している――一人は半ダースほどの不ぞろいな書物を書きあげるのに精魂を傾け、呻吟しながら生を終えた、がっしりとした体軀で、愛想のよい、どちらかといえば単純で、農夫のごとき風貌に農夫のごとき笑みをたたえた男であり、いま一人は実体のない巨大な人物、ひとつの象徴、鬨《とき》の声、旗標《はたじるし》である。率直に言って、こうした対比は私には理解し難い。なぜなら、精確な作品を生み出そうとして貪欲なまでに精根をすりへらし、苦悶したフロベールこそが、他ならぬ伝説のフロベールであり、と同時に（もし彼の厖大な書簡集が信頼するに足るものであるなら）歴史上のフロベールだからである。彼によって構想され、そして実現された重要な文学よりもなお重要なのは人間フロベールであって、彼はこの世に現われた新たな種族——祭司としての、苦行者としての、そして、ほとんど殉教者としての文人という新たな種族——の最初のアダムであったのだ。

古代にあっては、以下に見るような理由で、こういうタイプの文人が出現することはありえなかった。プラトンの『イオン』には、詩人は「翼をもった、軽い、神聖なる存在であって、霊感を受けるまでは、いわば憑依の状態になるまでは何も書くことができない」という記述が見られる。「風は思いのままに吹く」（「ヨハネによる福音書」三、八）といったような考え方は、詩人を神の一時的な道具へとおとしめてしまうものであって、詩人個人に対する本来的な評価とは相容れない。従って、ギリシャの諸都市やローマにあっては、フロベールのような存在は考えられない。おそらく彼に最も近い詩人を敢えてあげれば、それは聖職者でもあったピンダロスであろう。彼は自作の頌歌を石畳の道に、潮の満ち干に、金銀や象牙の細工品に、さらには建築物になぞらえ、文学という職業の尊厳を自覚し、体現していたからである。

古典作家たちが信奉していた、霊感というロマン主義的な考え方[1]に対しては、ある事実——すでにホメーロスがポエジーを枯渇させてしまった、あるいは、どちらにしても詩の完璧な形式、つまり英雄叙事詩を作り出してしまったという、一般に広まっていた意識

――をつき合わせてみることができる。マケドニアのアレクサンドロス大王は夜な夜な枕の下に短剣と『イーリアス』をしのばせていた。またトマス・ド・クインシーは、イギリスのある牧師が説教壇から、「人間の苦悶の偉大さにかけて、人間の願望の偉大さにかけて、人間の創造の不滅性にかけて、『イーリアス』と『オデュッセイア』にかけて！」誓いを立てていたと記している。アキレスの怒りも、オデュッセウスの帰還にまつわる艱難辛苦も決して普遍的なテーマというわけではない。後世はその限界のなかに、一縷の望みを託した。かくして、別の物語に『イーリアス』の流れと構成をあてはめること、しかも、詩神への呼びかけ、戦闘の場面、超自然的な絡繰《からく》りといった要素を手本に対応させながらそうすることが、ホメーロス以来二千年にわたって、詩人たちの最大の目的となったのである。そうした営みを一笑に付すことは容易であるが、その幸福な結実たる『アエネーイス』を笑うわけにはいかない。(ランプリエール*は賢明にも、ウェルギリウスをホメーロスの恩恵に浴した者のなかに含めている。)十四世紀には、ローマの栄光の心酔者であるペトラルカが、ポエニ戦役に叙事詩の不朽の題材を見出したと信じた。十六世紀になると、タッソが第一回十字軍にその題材を求め、二つの作品を、あるいはひとつの作品の二つの異本を書き遺した。令名高き『エルサレム解放』と、その改作たる『エルサレム征服』であるが、後者では前者にも増して『イーリアス』の模倣が意識されており、ほとんど文学的酔狂といった趣さえある。改作においては原作を彩っていた強調が弱まっているが、この操作は基本的に強調を旨とする作品に対してなされているがゆえに、原作の破壊につながるものである。例えば、『エルサレム解放』(第八歌、第二十三節)では、瀕死の重傷を負いながらも、おいそれとは死ぬことのない勇敢な男をこう描写している——

La vita no, ma la virtú sostenta
quel cadavere indomito e feroce
(生命ではなく　勇気が支えたのだ
不屈にして激越なるその死体を)

しかし改作においては、効果的な強調は消えている——

La vita no, ma la virtú sostenta
il cavaliere indomito e feroce
(生命ではなく　勇気が支えたのだ
不屈にして激越なるその騎士を)

次いでミルトンが、偉大な英雄叙事詩を書くためにこの世に生を授かった。彼は幼いころから、おそらくはまだ一行も書く前から、自分が文学に身を捧げる運命にあることを意識する。そして叙事詩を書くためには、自分が余りにも遅く（すなわち、ホメーロスから余りにも遠く、アダムから余りにも離れて）、さらに余りにも寒い国に生まれてきたのではないかと恐れもしつつ、それでも長年にわたって作詩法の勉強をする。一方でヘブライ語、アラム語、イタリア語、フランス語、ギリシャ語、そして当然のことながらラテン語を学ぶ。ラテン語とギリシャ語で六歩格の詩句を作り、トスカナ語で十一音節の詩を書く。彼は節制に努め禁欲的な生活を送るが、それは自制心の欠如が詩人としての才能を損なうと感じていたからである。そして三十三歳にして、詩人は一篇の詩であらねばならない、「すなわち、よりよきものの組み合わせからなる典型」であらねばならないし、称賛に値しないような人間が僭越にも、「英雄や名だたる都市」を褒め称えるようなことがあってはならない、と書くのである。彼は、将来において世の人びとが忘却の淵に追いやることのない本が自分のペンから生まれ出るであろうと自覚していながら、いまだその主題は明らかになっていないので、それを**ブルターニュ系の素材**や新約、旧約の両聖書のなかに探し求める。そうして可能性のあるテーマが百ほども、ありきたりの紙に書きつけられているのが、今日《ケンブリッジ手稿》として保存されているものである。最終的に彼は、天使たちと人間の堕落という、現在のわれわれは象徴的あるいは神話的と見なすものの、あの世紀にあっては歴史的でありうるテーマを選択する。[2]

ミルトン、タッソ、そしてウェルギリウスはもっぱら詩作に没頭した。これに対してフロベールは、**散文による**純粋に美的な作品の創造に身を捧げた（私はこの言葉を本来の厳密な意味で用いている）最初の人間であった。文学の歴史にあっては、散文は韻文よりあとに来るが、この逆説がフロベールの野望をかきたてた。「散文はきのう誕生したばかりである」と、彼は書いている。「韻文はなによりも古代文学の形式である。そして韻律の組み合わせはもはや尽きてしまっている。しかし、散文の場合はそうではない。」また、こうも言っている——「小説は小説のホメーロスの到来を待っている。」

ミルトンの詩は天国と地獄と世界、それに混沌《カオス》を包含している。しかしながら、やはりそれはひとつの『イーリアス』、宇宙大の『イーリアス』にすぎなかったのだ。ところがフロベールは、先行のモデルを繰り返したり、凌駕したりすることを望まなかった。いかなる対象も唯ひとつの言い方でしか表現できない、そして、その言い方を提示するのが作家の役割であるというのが彼の考えであった。古典主義者とロマン主義者が侃々諤々、かまびすしい議論を交わしたことも、フロベールに言わせれば、彼らの失敗には様々な場合がありうるが、成功すれば古典主義もロマン主義も同じことだ、なぜなら美しいものは常に適切にして正確なものだからであって、ボワローの優れた詩句はユゴーのそれでもあるのだから、ということになる。彼は言葉における正確さと音調のよさとのあいだには、前もって調和が存在しているものと信じ、「的確な言葉と音楽的な言葉とのあいだに見られる必然的な関係」に驚嘆したりしている。もし凡庸な作家が言語に対するこのような盲信を抱いたとすれば、それこそ統語法と音韻に関する悪癖に満ちた、つまらない方言を画策することさえできたであろう。しかし、フロベールの場合にその恐れはなく、彼の生来の高潔さがそうした理論の危険から彼を救っていたのである。彼は長い時間をかけて実直に**的確な言葉**《モ・ジュスト》を探求した。これは決して日常的なありふれた言葉を排除するものではなかったが、後になると、象徴主義詩人たちのサロンにおける虚しい**稀な言葉**《モ・ラール》へと堕することになる。

　歴史の語るところによれば、かの高名な老子は世に名を知られることなく、ひっそりと生活することを願っていたという。無名でいたいという老子と同じような願望と、やはり同じような知名度がフロベールの運命を特徴づけている。フロベールは自分が自分の本のなかに存在することを、さらに言えば、神が神によって造られたもののなかに遍在するがごとく、目に見えない具合に存在することをさえほとんど望まなかった。まったくの話、もし『サラムボー』と『ボヴァリー夫人』が同じ作者のものであることを前もって知っていなかったら、われわれはその事実を見抜くことはできないであろう。ところが、これと同じく否定し難いことに、フロベールの作品を考えることはとりもなおさず作家フロベールに、つまり厖大な文献と草稿の山に埋もれながら刻苦精励する勤勉家のフロベールに想いを馳せることなのである。ドン・キホーテとサンチョは、二人を創り出したスペインの兵士よりも大きなリアリティを帯びているが、フロベールの創造した人物は誰ひとりとしてフロベールほどのリアリティを持ってはいない。彼の代表作に『書簡集』をあげる人は、そのいかにも男らしい数巻のなかにこそ、フロベールの運命の相貌があると主張できるであろう。

フロベールの宿命は、ちょうどロマン主義者にとってバイロンの宿命がそうであったように、今なお模範的であり続けている。われわれが『老妻物語』や『いとこバジリオ』*を読むことができるのも、フロベールの作法を模倣する者がいるからである。かくして彼の運命は神秘的な拡大や変奏をこうむりながら、これまで繰り返されてきた。例えば、マラルメにおいて(「世界は一冊の書物に到達するために存在する」という彼の警句はフロベールの信念を凝縮している)、ムア*において、ヘンリー・ジェイムズにおいて、そして『ユリシーズ』を織りあげた、ほとんど無限に錯綜しているあのアイルランド人において。

〔1〕これの逆が、ロマン主義者ポーの古典主義的な理論であって、彼は詩人の仕事を知的な営為にしている。

〔2〕ホメーロス的特徴を保っているいくつかの変奏を、時代に沿って挙げてみよう。トロイアのヘレネは『イーリアス』のなかでタペストリーを織るが、彼女が織っている絵柄は、トロイア戦争の数々の合戦や悲劇の場面である。『アエネーイス』においては、トロイア戦争から逃げ出した主人公がカルタゴに到着して、ある神殿の壁にその戦争の数々の場面が描かれているのを目にし、さらに無数の戦士たちのなかに自分の姿をも認める。『エルサレム征服』ではゴドフレードが、エジプトからの使者たちを、自分が指揮した戦闘の場面によって飾りたてられた天幕のなかに迎え入れる。これら三つの変奏を比べてみると、最後のがいちばん魅力に欠けている。

アルゼンチン作家と伝統

アルゼンチン作家と伝統という問題についていくつかの懐疑的な命題を提起し、論証してみたいと思う。私の懐疑はこの問題を解明することの困難さ、もしくは不可能性に対するものではなく、その存在自体に対するものである。われわれは、感傷的な展開にこそふさわしい修辞的な主題に直面することになるだろう。なぜなら、これは真に知的な意味で難解な問題というよりは、その現われ方、仮象、疑似性に関わることなのだから。

論を進める前に、一般的に行なわれている問題提起とその解決を見ておきたいと思う。まず理性の力など借りることなく、ほとんど本能的になされている解決、すなわち、アルゼンチンの文学的伝統はガウチョ詩の中にすでに定着していると主張するそれである。この説によれば、ガウチョ詩の語彙、作法、主題は現代作家に啓示を与えるばかりか、彼らの出発点でもあり、そしておそらくは典型でもあるということだ。この解決が最も一般的のようであるから、しばらくこれを吟味しておく必要があろう。

この説はレオポルド・ルゴーネス*が『エル・パヤドール』において唱えたもので、アルゼンチン人には古典的な叙事詩『マルティン・フィエロ』*があり、これは、ホメーロスの叙事詩がギリシャ人に対して担った意味を持って然るべきだ、というのである。この意見に異を立てるとなると、どうしても『マルティン・フィエロ』を貶下しているように思われてしまうだろう。わたしは『マルティン・フィエロ』がわれわれアルゼンチン人が書いたもののうち、最も長い生命を約束された作品であると確信している。が同時に『マルティン・フィエロ』を、よくいわれるように、われわれの聖書、われわれの教典と見なすことはできないとも確信している。

『マルティン・フィエロ』の聖典化を提唱した一人であるリカルド・ローハス*は、その著『アルゼンチン文学史』で穿《うが》った、しかしほとんど陳腐ともいえる一ページをものしている。

ローハスはガウチョ詩の詩人、つまり、イダルゴ*、アスカスビ*、エスタニスラーオ・デル・カンポ*、そしてホセ・エルナンデスらの詩を検討し、その淵源をパヤドール*の詩、つまりガウチョたちの自然発生的な詩《うた》の中に求めた。彼は伝誦的な後者の詩《うた》が八音節であること、そしてガウチョ詩の作者たちもこの韻律を駆使していることを指摘し、ガウチョ詩の詩人たちの作品をパヤドールの詩《うた》の継承あるいは拡大と考えているのである。

私はこの見解には重大な錯誤があるのではないかと思う。いや、巧みな錯誤といえるかも知れない、というのは、ローハスはイダルゴに始まり、エルナンデスで頂点に達するガウチョ詩の詩人たちの作品に民間伝誦的な根を与えんがために、それをガウチョたちが歌う詩《うた》の継承あるいは派生と規定し、かくしてバルトロメ・イダルゴを、ミトレ*が言ったようにガウチョ詩のホメーロスにではなく、単なる鎖の一環にしてしまっているからである。

このようにリカルド・ローハスはイダルゴを一人のパヤドールにしている。にもかかわらず、彼の『アルゼンチン文学史』によれば、この仮定のパヤドールは新しい韻律の詩を始めた詩人、ちょうどガルシラーソ*がイタリアからそれを移入した時のスペインの読者がそうであったように、その美しさを感得しえなかったパヤドールたちには思いもよらない韻律である、十一音節の詩を書き始めた詩人となっているのである。

私の理解するところでは、ガウチョの歌う詩とガウチョ詩の間には根本的な差異がある。どれでもよいから伝誦詩の集成を『マルティン・フィエロ』、『パウリーノ・ルセーロ』*、『ファウスト』*と較べてみればその差異は歴然としているが、それは、詩人の作意におけると同様、語彙の面にも認めることができる。草原や郊外の民間伝誦の詩人たちは、愛の苦悩、恋人を失った孤独感といったありふれた主題をとりあげ、しかもそれをごく一般的な語法で歌いあげる。それに対して、ガウチョ詩の詩人たちは意図的に土着臭の強い言葉を錬磨しているのであるが、伝誦詩人がこのような試みをすることはない。私は伝誦詩人たちの用語がより正しいスペイン語だと言っているのではなく、それどころか、もしそこに誤用があれば、それはとりもなおさず彼らの無知の産物であると言いたいのだ。ところが、ガウチョ詩の詩人たちはことさら土着語、すなわち濃厚な地方色を追求しているのである。次がその証左となろう。コロンビア人でもメキシコ人でも、あるいはスペイン人でも、パヤドールたちの詩《うた》、つまりガウチョたちの詩《うた》なら何の苦もなく理解できるであろうが、エスタニスラーオ・デル・カンポやアスカスビとなると、語彙注解《グロサリオ》があってもどれ程理解できるか心もとない。

これまでのところを要約すれば、称賛に値する作品を生んできたガウチョ詩は、他の諸々のジャンル同様、すぐれて技巧的なひとつの文学ジャンルであるということになる。バルトロメ・イダルゴのそれのような初期のガウチョ詩には、読者にガウチョふうのイントネーションで読んでもらうため、それがあたかもガウチョによって語られたものであるかのように見せかける工夫さえなされている。ガウチョの伝誦の詩《うた》からこれほど遠いものはない。詩作をする時の民衆は——わたしはこれを草原のパヤドールだけでなく、ブエノスアイレス郊外のパヤドールの中にもはっきりと認めたのであるが——何か重大なことをしているのだという信念を抱いているものだから、本能的に卑近な言辞を遠ざけ、調子の高い言葉や言い回しを探す。もっとも今日ではパヤドールたちがガウチョ詩に影響されて、土俗性を色濃く示すようになったかと思われるが、当初はそうではなかったのだ。ガウチョ詩とパヤドールの詩の相違を『マルティン・フィエロ』によって（これまで誰も指摘しなかったことだが）明かしてみよう。

『マルティン・フィエロ』はガウチョ的な響きを持ったスペイン語で書かれており、読む者に、これを歌っているのはガウチョだと常に意識させずにはおかない。*おまけに、田園生活から得られたディテールに満ちている。にもかかわらず、作者がこのような地方色をかなぐり捨て、標準的なスペイン語で書いている有名な一節があるが、そこでは土着的なテーマではなく、時間、空間、海、夜といったより大きな抽象的なテーマが扱われる。私の言っているのは第二部の最後を占める、マルティン・フィエロとモレーノの歌のやりとりのことである。これはあたかも、作者エルナンデスが、自分のガウチョ詩とガウチョたちの本物の詩《うた》との差異を、みずから明かそうとしているかのごとき場面である。フィエロとモレーノの二人のガウチョは歌い出すと、一切のガウチョ臭を捨て去って哲学的なテーマに迫るのである。私はブエノスアイレス郊外のパヤドールたちが同じようなことを試みているのを見たことがある。彼らはルンファルドや卑近な言葉を極力避け、気負って的確に自分を表現しようと努めるのだが、もちろん失敗に終る。しかしわれわれは微笑みを浮べて、彼らの目的は詩を何か崇高なもの、何か卓越したものにすることなのだと言っておけばよいであろう。

アルゼンチンの詩は独得のアルゼンチン的相貌を呈する必要があるとか、アルゼンチン的地方色に満ちていなければならないという考え方は、私には誤りのように思われる。『マルティン・フィエロ』とエンリーケ・バンクスの『骨壺』のソネットのどちらがよりアルゼンチン的であるかと聞かれた場合、前者であると断定する理由は何もない。たしかに、バンクスの『骨壺』にはアルゼンチンの風景も、地勢も、植物も、動物も現われない。にもかかわらず、『骨壺』には他のアルゼンチン的条件があるのだ。

私は『骨壺』の中に、それがアルゼンチン的な作品ではないことを主張するために書かれたのではないかと思われるような数行を思い出すことができる。それは次のようなものだ。「……陽光は甍《いらか》に／そして窓辺に輝き　夜鶯《ルイセニヨール》は／切ない恋を吹聴している。」「陽光は甍《いらか》にそして窓辺に輝き」という詩行に対する次のような批判はごく自然であろう。エンリーケ・バンクスはこの詩をブエノスアイレスの郊外で書いたが、ブエノスアイレスの郊外には甍などは見られず、あるのは平屋根《アソテーア》ばかりだ。また「夜鶯《ルイセニヨール》は切ない恋を吹聴している」に関しては、夜鶯は現実に見られる鳥というよりは、ギリシャ的、ゲルマン的伝統の中に生きる文学上の鳥である、といった類の非難である。しかし、私ならこう言おう。なるほど、そこに見られる甍とかやや場違いな夜鶯といった、紋切り型のイメージを用いたところにはアルゼンチンの建築も鳥類学も何もない、ところがそこにはアルゼンチン的な羞恥心、婉曲がある。バンクスが、彼の心を圧迫していた大きな苦悩を歌う時、彼を捨て、彼にこの世を空虚なものと思わせるにいたった女性のことを歌う時、甍とか夜鶯といった異国的な、しかも伝統的なイメージに訴えたということには、それなりの意味があるのだ。つまり、アルゼンチン的なる羞恥心、疑心、婉曲性、言い換えれば、胸襟を開いて自身をさらけ出すことを困難にしている状況が暗示されているのである。

ことさら言うまでもなかろうが、文学はそれを生んだ国の特質によってその実体を明かされるべきだという考え方は比較的新しいものである。そして、作家は自国の主題を追求すべきだという考えもまた新しい、恣意的なものである。それほど遠くまで遡る必要はない。例えばラシーヌは、ギリシャ的そしてローマ的主題を追求したがゆえにフランスの詩人としての資格を剝奪するといわれても、一体何のことか皆目理解できなかったであろう。シェイクスピアは、もしイングランド的主題だけを扱うように要求され、イングランド人であるからには、スカンジナビア的な主題の『ハムレット』や、スコットランド的主題の

『マクベス』を書く権利などないといわれたら、それこそ仰天したにちがいない。地方色に対するアルゼンチン人の信仰は、まさしくヨーロッパに見られる最近の信仰なのであるが、国粋主義者ならおそらく、彼我の間には何ら関係はないとして一蹴することであろう。

私は少し前に、ギボンの『ローマ帝国衰亡史』の中で、真に地方的《ナティーボ》なるものは地方色なしで成立しうるし、しばしばそうなっているという、一見奇異な主張に出くわした。ギボンは、アラビア的な書物、とりわけ『コーラン』には駱駝は出てこないというのである。私は、『コーラン』の自己同一性に何か疑惑が生じた場合、これがアラビアのものであることを証明するのには、この駱駝の欠如だけで十分だろうと思う。これはマホメットによって書かれた、そしてマホメットはアラビア人だったので、駱駝が特にアラビア的であることを確認しなければならない理由はなかった。彼にとってはそれは現実の一部だったので、それを際立たせなければならない理由などなかったのだ。これが、三文文士や観光旅行者やアラビアの国粋主義者だったら、まずそのページを駱駝で、駱駝の隊商で満たすのに腐心したことだろう。しかし、アラビア人マホメットにその気遣いはなかった。彼は駱駝なしでもアラビア的たりうることを知っていたのだ。私はわれわれアルゼンチン人もマホメットのようになれると、つまり、地方色を多用することなくアルゼンチン人になる可能性を信じることができると思っている。

私事にわたって恐縮だが、ここでひとつ打ち明け話をさせて頂きたい。私は長年の間、幸いにも今では忘れ去られているいくつかの短編において、ブエノスアイレスの場末の風趣を、その精髄を書きとめようと努めた。当然のごとく方言をふんだんに盛りこみ、ナイフ使い、ミロンガ、土塀といった類の言葉をも忘れることなく、あのようないくつかの忘れられるべき、そして忘れられた短篇を書いたのである。その後しばらくして、そう今から一年ほど前〔一九四二年〕『死とコンパス』と題する物語を書いた。これは一種の悪夢、悪夢の恐怖によってデフォルメされたブエノスアイレスの諸相が現われる悪夢といえるものである。私はコロン街に思いをはせて、物語の中ではそれを「トゥーロン街」とし、アドロゲにあったホテル・ラス・デリシアスを「トリスト・ル・ロワ」と呼んでみた。この物語が出版されると、友人たちは私が書いたものの中に、やっとブエノスアイレス郊外の風趣を見出すことができたと言ってくれた。まさしくその風趣を意識的に探求しなかったがゆえに、夢に身を委ねたがゆえに、私はやっとのことで、以前あれほど求めても叶わなかったものを獲得することができたのである。

ここで私は、ナショナリスト必携のバイブルともいうべき、そしてしかるべき栄誉に浴している作品に言及したいと思う。それはリカルド・グイラルデス作*の『ドン・セグンド・ソンブラ』のことである。ナショナリストたちは『ドン・セグンド・ソンブラ』こそ典型的な国民文学だという。しかし、『ドン・セグンド・ソンブラ』をガウチョ的伝統に基づく諸作品と比較してみる時、まずわれわれが気づくのはむしろその相違である。『ドン・セグンド・ソンブラ』にふんだんに用いられている暗喩は、モンマルトルに集《つど》った同時代の芸術家たちの息吹をそのまま伝えるものではあるが、大草原の言葉とはおよそ無縁である。そして寓話や歴史については、インドを舞台として展開されるキプリングの物語『キム』の影響を認めることは容易であるが、『キム』はまた、ミシシッピーの叙事詩であるマーク・トウェーンの『ハックルベリ・フィンの冒険』の影響の下に書かれたものである。こういったからとて、私は『ドン・セグンド・ソンブラ』の価値を貶《おとし》めようというのではない。それどころか、われわれがこの本を手にすることができるのは、グイラルデスが当時のフランスの文学者たちの詩的技巧に、そして何年も前に読んだキプリングの作品に想《おもい》をいたしたからであることを強調しているのだ。つまり、まぎれもなくアルゼンチン的であるこの書物には、キプリングとマーク・トウェーンとフランスの詩人の暗喩が必要だったのであり、これらの影響がそのアルゼンチン性を減ずるようなことは決してなかったのである。

さて、ナショナリストたちのもうひとつの矛盾を指摘しておこう。それは彼らがアルゼンチン人の知的能力に敬意を表するふりをしながら、その実、アルゼンチン人に語れるのは下町や農場であって、宇宙ではないとでも考えているのか、その能力の詩的発現を、ローカルないくつかの貧しい主題に限定しようとしていることである。

次に第二の解決を検討してみよう。われわれアルゼンチンの作家には依拠すべきひとつの伝統があり、スペイン文学こそがそれであるという説である。もちろんこの見解は前述のそれより視野の広いものではあるが、それでもなお、われわれを拘束しがちなものである。これに対しては多くの反論が可能であるが、以下の二つで十分であろう。第一の反論——アルゼンチンの歴史をスペインからの自発的離脱、スペインからの離反の意志と定義しても誤りではないこと。第二の反論——アルゼンチン人にとって、スペイン文学味読の喜び、わたし自身は享受しているその喜びは、一般的にいって訓練の結実であること。わたしは何度も、専門的に文学の勉強をしたわけではない人たちに、フランスやイギリスの文学作品を貸したことがあるが、彼らは何の苦もなく味読したようであった。ところが友人たちにスペイン文学を読むことを勧めた時には、それが彼らにとって、特別な準備がない限り、味読困難なものであることを確認した。こんな訳で私は、卓越したいくらかのアルゼンチン作家がまるでスペイン人のように書いているという事実は、伝統の力の証左というよりは、アルゼンチン人の多才を示すものであると信じている。

やっと第三の説にたどり着いた。これは少し前に読んだアルゼンチン作家と伝統に関する一見解であり、大変驚かされたものであるが、われわれアルゼンチン人は過去と断絶している、われわれとヨーロッパとの間には中断があるという説である。すなわち、アルゼンチン人は創世期の段階にあるのだから、ヨーロッパ的主題や手法を探求するのは幻であり錯誤である。われわれはみずからの本質的な孤独を自覚し、ヨーロッパ的になろうとする戯れにふけるべきではない、というのである。

私には、この見解は根拠を欠いているように思われる。しかし、この見解がかなりの人びとの共感を得るだろうことは容易に想像できる。なぜなら、われわれの孤独、われわれの根なし草的存在、われわれの置かれた創世期的状況といったものは、実存主義と同じような感傷性の魅惑にこと欠かないからである。たしかに多くの人がこの見解を共にするだろう、なぜなら、それをいちど受容すれば、彼らは孤独感と悲壮感にとらわれ、それはそれでなかなか心地よいものだからである。ところが私の見るところでは、アルゼンチンには、まさしく新しい国家であるがゆえの鋭敏な時代感覚がある。ヨーロッパで起こることはすべて、ヨーロッパでの最近の劇的な事件はすべて、アルゼンチンで大きな反響をよんでいる。たとえばスペイン内乱の最中、人がフランコ支持者であるのか、共和国側であるのか、あるいはナチス支持か連合国側であるのかは、往々にして激しい確執や疎遠のもとになったものだ。こうした事態は、われわれがヨーロッパと断絶状態にあるとしたら考えられないことであろう。アルゼンチンの歴史に関していえば、アルゼンチン人すべてがそれを深刻に感受していると思うが、時間的にいっても血からいっても、それがわれわれの極めて身近なものであってみれば、深刻に受容するのはむしろ当然のことであろう。歴史上の人物名、内乱における数々の戦闘、独立戦争など、これらはすべてわれわれに密着した時代と伝統の中に在るのだ。

それでは、アルゼンチンの伝統とはいかなるものであろうか？　この問に答えることは案外容易であり、たいした問題ではないと思う。私は、アルゼンチンの伝統は全面的に西欧文化であり、しかも、われわれはその伝統に対し、西欧のある国々の住民が有するよりも大きな権利を有すると考えている。ここで思い出すのが、西欧文化におけるユダヤ人の卓越性に関する、米国の社会学者ソースタイン・ヴェブレンのエッセーである。彼は、この卓越性はユダヤ人が生来優秀であることを示すものであろうかと自問して、「ノー」と答える。そして、ユダヤ人が西欧文化において卓越しているのは、彼らがその文化の中で活動しながらも、特別な愛着によってそれに束縛されるようなことがないからである、と説き、次のように結論づける――「それゆえ、ユダヤ人は、ユダヤ人ではない西欧人より、西欧文化を革新することが容易なのである。」同じことは、イギリス文化におけるアイルランド人についてもいえるであろう。アイルランド人の場合、イギリス文学や哲学に彼らの名前が多く見られることが人種的優秀性によるものであるのか否かは、ほとんど問題にもならない。なぜなら、著名なアイルランド人の多くが（ショー、バークリー、スウィフト等）イギリス人の子孫であり、ケルトの血をひいてはいなかったからである。それにもかかわらず、彼らにとってイギリス文化を革新するには、アイルランド人であることを自覚するだけで十分であったのだ。私は、アルゼンチン人、いや南米の人間は、それとよく似た状況に置かれていると思う。だからわれわれは、迷信にとらわれることもなく、めでたい結果をもたらしうる、そして現にもたらしている一種の不敬でもって、ヨーロッパ的なあらゆる主題を扱うことができるのである。

そうは言っても、アルゼンチン人の行なうすべての実験が一様にうまくいく訳ではない。私の考えでは、この伝統とかアルゼンチン性という問題は、決定論という永遠の問題の一時的な、現代的な一変形にすぎない。仮りに私が、左右どちらかの手でテーブルに触れようとして、左手でさわろうか、それとも右手にしようか？　と自問し、そして結局、右手で触れたとしよう。すると決定論者は、私にはそうする以外仕方がなかったのであり、それ以前の宇宙の全史によって、右手で触れることが決定されていたのだ、左手で触れていたとしたら奇跡だったのだ、と言うだろう。ところが、もし私が左手でそれに触れていたとしても、同じことを言ったであろう。これと同様のことが文学の主題や作法に関しても言えるのだ。チョーサーやシェイクスピアの作品においては、イタリア的主題を扱っても、それはイギリスの伝統に属してしまうように、われわれアルゼンチンの作家の作品は、それが優れた作品である限り、すべてアルゼンチンの伝統に属することになるだろう。

ところで、文学営為の意図に関するこれまでの議論はすべて、目的とか計画に大きな重要性を想定する錯誤に基づいている。たとえばキプリングの場合を考えてみよう。キプリングはその生涯を、一定の政治理念発揚のために書くことに捧げ、その作品を宣伝の道具にしようとした。にもかかわらず、彼は晩年、ある作品の本質は往々にしてその作者には見過されるものだと告白することになり、スウィフトの例を想起して、『ガリヴァー旅行記』を書くに際し、作者は人類弾劾の証拠文書作成を意図しながら、その実、子供向けの本を残すことになった、と言っている。プラトンは、詩人とは詩人の意志や目的に反して詩人を鼓舞する神の口述筆記者であり、それはちょうど、磁石がひと続きの鉄の環に生気を与えるようなものであると言った。

だから、われわれの伝承すべきものは世界であると考えるべきであるし、そう考えることを恐れてはならないと強調したい。あらゆる主題を試みることだ。アルゼンチン的な主題のみに限定したからといって、それでアルゼンチン的になれるものでもない。なぜなら、われわれがアルゼンチン人であるということは宿命であって、結局のところそれ以外ではありえないわけだし、また、アルゼンチン人であることは単なる仮面、単なる擬装にすぎないとも言えるのだから。

もしわれわれが、芸術的創造と呼ばれるあの自発的な夢に没頭するならば、われわれはアルゼンチン人になるだろうし、また、すぐれた、あるいはひとかどの作家となれるであろう、と私は信じている。

ノート

H・G・ウェルズとたとえ話《パラボラ》──『クローケー・プレイヤー』『生まれた星』

今年〔一九三七年〕ウェルズは二冊の本を世に出した。まず『クローケー・プレイヤー』で、これはごたごたした沼池からなる悪臭を発する地方が舞台で、そこにぞっとするような出来事が起こり始める。そして最後になると、われわれはその地方が地球全体であることを理解するのである。もうひとつの『生まれた星』は、宇宙光線の放射によって人類を再生させようという火星人の好意的な陰謀を描いている。われわれの文化は、愚かさと残忍性のおぞましい復活によって脅《おびや》かされている、というのが前者のメッセージのようである。これに対して後者は、われわれの文化は新たに生まれてくる、これまでとはいささか異なる世代によって刷新されうる、ということを言わんとしている。この二冊はいずれもたとえ話であって、アレゴリー（寓意）とシンボル（象徴）の対比という十八世紀以降の問題を改めて提起している。

われわれは誰しも、シンボルは解釈によって枯渇してしまうのではないかと思いがちであるが、これほど誤った考えもない。基本的な例をひとつ取りあげてみよう。ある謎かけの例である。テーベのスフィンクスがオイディプスに次のような謎を課したことは誰でも知っている——「朝は四本足、昼は二本足、夕べには三本足で歩く生き物は何か？」これに対してオイディプスが、それは人間であると答えたということも、知らない者はいない。と同時にわれわれは直ちに、**人間**の赤裸な概念が、その質問を投げかける不可思議な動物のイメージより劣っていること、さらには普通の人間と、時とともに姿を変え七十歳にして三番目の足として老人の杖を持つあの怪物との同化よりも劣っていることに気づくのではなかろうか？　こうした複数性、これこそがあらゆるシンボルの本来的特徴である。一方アレゴリーは読者に、例えば、二重あるいは三重の直観をかき立てるのであって、抽象名詞に置き換えうるような形象をもたらすものではない。「アレゴリーの特性は」と、ド・クインシーは的確に指摘している（『全集』第十一巻、一九九ページ）、「人生の絶対的現実と、論理的判断による純粋なる抽象化との中間に位置を占めている。」『神曲』の第一歌に登場する飢えて痩せた牝狼は貪欲の標章でも、しるしでもない——それは夢のなかで起こるように、牝狼であると同時にまた貪欲でもあるのだ。こうした二重性をそれほど胡乱《うろん》に思ってはならない。例えば、神秘主義者たちにとっては、この具体的な世界もひとつのシンボルの体系にすぎないのだから……

これまで述べたところから、私は敢えて、ある物語をその教訓に、ある寓話をその単なる意図に、そして《形式》をその《内容》に帰着させるのは愚かなことであると言いたい。(つとにショーペンハウアーは、大衆が形式に目を向けることはまずなく、常に内容を意識していると説いている。)『クローケー・プレイヤー』には、われわれがそれを称賛するか論難するかは別として、決して否定することのできない形式が厳として存在する。ところが『生まれた星』の方は、全体がいわば無定形《アモルフォ》であって、一連のとりとめもない議論が全篇を埋め尽くしているといった趣である。そのプロット——宇宙光線の力による人類の情容赦のない変奏——が実現されることはない。ただ主人公たちがその可能性を論じているだけである。従って、その結果はいかにも刺激に乏しい。読者は懐旧の念をこめて、ウェルズがこの作品を初期の段階で書く気になっていたらよかったのに！と思うことであろう。その気持はしごく当然である。というのも、プロットを重視していた初期のウェルズは、『ウィリアム・クリッソルドの世界』や、いささか軽率な百科事典的作品に見られる、熱烈にして散慢な話し手ではないからである。諸々の途方もない驚異——未来から萎《しな》びた花を持ち帰る旅行者の話、夜中に使徒信経を鼻声で唱える獣人間の話、月から逃げ出してきた反逆者の話——を語り紡いだウェルズは別人であったのだ。

エドワード・カスナー、ジェイムズ・ニューマン『数学と想像力』（サイモン&シュスター、一九四〇年）

書庫を調べていて驚いたのだが、私がこれまで最も頻繁に繙《ひもと》いた、そして多くの書きこみで汚した本というのがマウトナーの『哲学事典』、ルーイスの『伝記体哲学史』、リデル・ハートの『戦争の歴史、一九一四年―一九一八年』、ボズウェルの『サミュエル・ジョンソン伝』、それにギュスターヴ・スピラーの心理学書『人間の精神』（一九〇二年）である。このような異種混交の（G・H・ルイスの著作のごとき、私の単なる習慣と化したものさえ排除していない）目録に、いずれ表記の実に心地よい書物が付け加えられることになるであろう。

四百ページに及ぶこの本は、一介の文人でさえ理解できる、あるいは理解したと想像することのできる数学の魅力を、ほとんど肌身で感得できるように明快に説いている――ブラウアーの際限のない地図、モアがかいま見、ハワード・ヒントン*が直観したと公言している四次元、どことなくみだらなメビウスの帯、超限数理論の基礎、ゼノンの八つの逆説、平行線は無限遠点で交わるというデザルグの概念、ライプニッツが易経の図表のなかに見出した二進法の表記、星のごとき素数の無限性に関するユークリッドの公理を用いた美しい証明、ハノイの塔の問題、両刀論法的な、あるいはジレンマに陥ってしまうような三段論法。

この最後の三段論法というのは、古代ギリシャ人たちが戯れに用いたものであるが(デモクリトスはアブデラ人は嘘つきであると誓う。しかしデモクリトスはアブデラ人である。するとデモクリトスの言うことは嘘である。するとアブデラ人が嘘つきであるというのは事実ではない。するとデモクリトスは嘘をついてはいない。するとアブデラ人が嘘つきであるというのは本当である。するとデモクリトスは嘘をついている。すると……)、これにはほとんど数限りないバリエーションがあり、もちろん話の内容や主人公はそれぞれ異なるものの、方法あるいは論理はみな同じである。例えば、アウルス・ゲッリウス(『アッティカの夜』第五巻、第十章)はある説教師とその弟子のやりとりを介して、ルイス・バラオーナ・デ・ソート(『アンヘリカの涙』第十一歌)は二人の奴隷を配して、ミゲル・

デ・セルバンテス（『ドン・キホーテ』後篇、第五十一章）は、ある川にかかっている橋の両端に設置された絞首台にまつわる話により、ジェレミー・テイラーはある説教において、夢はすべて虚しいものであると告げている声を夢見た男のことを語ることにより、バートランド・ラッセル（『数理哲学序説』一三六ページ）は、それ自体を含むことのないあらゆる集合の集合について、それを行なっている。

上記のような、数々の有名な当惑に、私も敢えて次のエピソードを付け加えたい。

スマトラでの話であるが、ある男が占い師の博士となるための試験に臨む。試験官の魔術師が彼に、落第するだろうか、合格するだろうかと尋ねる。候補者は落第するでしょうと答える……ここまでくれば、限りない連続が予見できよう。

ジェラルド・ハード『苦痛、セックス、時間』（キャッセル）

一八九六年の初頭、バーナード・ショーはフリードリヒ・ニーチェの裡に、ルネサンスと古典作家たちに対する盲目的信仰によって萎縮した愚かなアカデミー会員の姿を認めた（『九十年代のわが劇壇』第二巻、九四ページ）。いずれにしても否定できないのは、ニーチェがダーウィンの世紀に《超人》の進化論的仮説を伝えるのに、それを古色蒼然とした書物、つまり**東洋のあらゆる聖典**の冴えないパロディといった形式で行なったことである。ニーチェは将来の生物の解剖学的構造や心理については一言も費してはいない。彼はその倫理性のみに論を限定し、それを（現在と未来に対する恐れから）チェーザレ・ボルジアとバイキングの倫理性と同一視したのである。[1]

ハードは彼なりのやり方で、ツァラトゥストラの怠慢と遺漏を補い、修正している。彼の文体は一本調子であまり褒められたものではないが、継続的な読書にとっては、それゆえ楽とは言える。彼は、いわゆる超人性など信じていないが、それでも人間の能力の大々的な進化を予告する。そうした精神的進化は幾世紀を要するものではない——人間の裡には倦むことのない神経エネルギーの貯えがあって、これが人間を絶え間なく性的にし、性欲を周期的にしか覚えない他の種とは異なった存在にする。「歴史は」とハードは書いている、「自然史の一部である。人間の歴史は心理によって加速された生物学である。」

おそらく、この本の根本的なテーマは、われわれの時間に対する意識の今後の進化の可能性である。ハードの考えるところでは、動物には時間の意識が完全に欠如しており、彼らの連続性を欠いた有機体は純粋な現在性からなっている。こうした仮説はもちろん新しいものではない。すでにセネカはルキリウスに宛てた最後の書簡でそのことに言及している――「時間は三つの部分、つまり過去、現在、未来からなっている。動物に割り当てられた唯一の部分は、最も速く過ぎ去る現在である……。」同様の考えは神智文学にもまた頻繁に見られる。ルードルフ・シュタイナーは鉱物の生気を欠いた状態を死人のそれに、植物の静かな生命を眠っている人間のそれに、そして動物が瞬間的に注ぐ意識を、脈絡のない夢を見ている無頓着な人間のそれになぞらえている。フリッツ・マウトナーはその称賛に値する『哲学事典』の第三巻でこう言っている――「動物は時間の連続と長さに対しては、漠たる予感めいたものしか保持していないと思われる。それに対して人間は、それも新たな学派の心理学者ともなると、時間の流れのなかで、僅か五百分の一秒によって分けられている二つの印象を区別することができる。」ギュイヨーの死後出版の本（『時間の起源と概念』）にも、類似した文章が二、三見られる。ピョートル・デミヤノヴィチ・ウスペンスキー（『テルティウム・オルガヌム』第九章）は、この問題に雄弁をもって立ち向かい、動物の世界は二次元の世界であって、彼らは球体や立方体を認識することはできないと主張している。動物たちにとっては、あらゆる角《アングロ》は運動であり、時間における出来事であるというのだ……。エドワード・カーペンター、リードビーター、そしてダンと同じように、ウスペンスキーも、いずれわれわれの精神は、直線的にして連続的な時間を忘れ去り、天使のように、すなわち**永遠の形相のもとに**《スブ・スペキエ・アエテルニターティス》宇宙を直観するようになるであろうと予言している。

ハードもまた、時として精神医学や社会学の**隠語**によって汚染された文章を連ねて、同様の結論に達する、あるいは達していると私が思う。彼はその著作の第一章で、われわれ人間が通過する不動の時間の存在を主張している。この記憶に値する見解が、ニュートンの言う宇宙的な均一化した時間に対する比喩的な否定なのか、それとも文字どおり、過去と現在と未来の共存の主張なのか、私には分からない。いずれにしても最後には（とダンなら言うだろう）、不動の時間というのは空間に堕してしまい、われわれの移動という運動はまた**別の**時間を要求することになる……

時間に対する認識がなんらかの形で進展していくことは、私には不自然に思われない。おそらくそれは不可避なことであろう。その進展がきわめて唐突でありうるのは、著者の享受する自由ゆえであり、いわば人工的な刺激であるように思われる。

〔1〕かつて（『永遠の歴史』において）私は、ニーチェ以前の《無限の遡及》理論の実証例をすべて集め、列挙しようと試みたことがある。そうした虚しい企ては私の乏しい知識と短い人生を超越している。従って、さしあたり、すでに記録した実例に、スペインのベネディクト修道会士、ベニート・ヘロニモ・フェイホー（『世界の批判的提示』第四巻、第十二講）の一例を付け

加えるだけでよしとしよう。彼は、サー・トマス・ブラウンと同じく、その理論の根拠をプラトンにおき、このように記している――「プラトンの途方もない考えのひとつは、大暦年《アーニョ・マグノ》の周期(すべての天体がそれぞれ無数の回転を終え、ふたたび以前と同じ位置関係と秩序をとり戻すまでの期間)が経過すると、ありとあらゆるものが更新されるはずだ、というものであった。とはすなわち、世界という舞台にふたたび同じ役者たちが現われ、人間も獣も草木も石も新たな存在を獲得することによって、以前と同じ出来事を演じるということだ。要するに、以前の世紀に存在していたあらゆる生物と無生物が、それぞれの最初の存在において経験したのと同じ営為、同じ事件、同じ運命のいたずらを繰り返すためにふたたび現われるのである。」これはフェイホーの一七三〇年の言葉であるが、同じことが《スペイン作家叢書》の第五十六巻に繰り返されている。天体にかかわる《無限の遡及》の見事な正当化である。

プラトンは『ティマイオス』において、七つの天体はそれぞれの速度に均衡が保たれているから、いずれ当初の出発点に戻るであろうと言っている。しかし、その雄大な回路から、歴史がそっくりそのまま反復されるとは推測していない。にもかかわらず、ルチリオ・バニーニはこう言明している――「ふたたびアキレスはトロイヤに赴くであろう。諸もろの儀式や宗教が復活するであろう。人間の歴史は繰り返される。今日あるもので、かつて存在しなかったものはない。かつてあったものは、未来において存在するであろう。しかしながら、これらはすべて全体的であって、(プラトンが指摘するように)個別的にではない。」バニーニがこれを書いたのは一六一六年のことである。ロバート・バートンは大著『メランコリーの解剖』の第三部、第四章においてこれを引用している。またフランシス・ベイコン(『随想録』五八、一六二五年）は、プラトン年すなわち大暦年《アーニョ・マグノ》が経過した後の事態について、諸々の天体が全体としてなんらかの影響をおよぼす可能性を認めているものの、個々の人間の状態をまた新しくするという効力は否定している。

ギルバート・ウォーターハウス『ドイツ文学小史』（マスウェン、ロンドン、一九四三年）

過去と現在と未来のあらゆる事柄を唯ひとつの公式に要約する可能性を表明したラプラス侯爵*と、その対極的な立場にあるリカルド・ローハス先生*（彼の著したアルゼンチン文学史はアルゼンチン文学そのものよりも長大である）の二人から等間隔を保つかのように、ギルバート・ウォーターハウス氏が、常に適切さを欠いているというわけではない百四十ページのドイツ文学史を書きあげた。この便覧は読者に非難も絶賛もかきたてることはなかろう。その明らかな、そして、おそらくは不可避的な欠陥は、ド・クインシーがドイツ人の批評一般に対して指弾したところの欠陥、すなわち、実証的な例示の欠如である。それからまた、あの多才なノヴァーリスにきっかり一行しか与えず、しかもその一行が彼を、『ヴィルヘルム・マイスター』を手本としている小説家たちよりも下位のランクに位置づけるために用いられているのは、どうみても正当ではない。(ノヴァーリスは『ヴィルヘルム・マイスター』を断罪し、ゲーテについて有名な言葉を残した――「彼は実践的な詩人です。彼にとって詩は、ちょうどイギリス人にとっての商品のようなものです――小ぎれいで、単純で、心地よくて、耐久力がある。」) そして、これは伝統的な現象だが、ショーペンハウアーやフリッツ・マウトナーが排除されているのは、私にとってひどく不愉快だ。もっとも、もう馴れっこになっているので驚きはしない。おそらく批評家たちは哲学という言葉に怖気づいて目がくらんでしまい、マウトナーの『哲学事典』やショーペンハウアーの『付録と補遺』こそが、ドイツ文学における最も豊かにして心楽しいエッセーであることに気がつかないのだ。

どうやらドイツ人は何やら眩惑的な訓練をすることなしには行動に移れないようだ。彼らは幸せな戦争を引きおこしたり、長々と続く物憂い小説を書いたりすることができるが、それはいつでもみずからを《純粋なアーリア人》と、あるいはユダヤ人に迫害されたバイキングと、あるいはタキトゥスの『ゲルマーニア』の主人公とみなしてのことである。(こうした奇妙な回顧的願望について、フリードリヒ・ニーチェはこんなことを言っている――「真のドイツ人などすべて移住してしまった。今日のドイツは、いわばスラブ人の前哨のようなもので、ヨーロッパのロシア化への道を切りひらいているのである。」アメリカの征服者たちの孫を自認しているスペイン人に対しても、同じような答えを返すことができよう――その孫はわれわれ南アメリカ人であって、彼らは甥にすぎない……）これは周知の事実であるが、神々はドイツ人に対し自然発生的な当意即妙の美というものを拒み給うた。この事実が、ドイツにおけるシェイクスピア信仰の、どことなく不幸な愛にも似た悲劇性をよく説明している。ドイツ人（レッシング、ヘルダー、ゲーテ、ノヴァーリス、シラー、ショーペンハウアー、ニーチェ、シュテファン・ゲオルゲ……）はシェイクスピアの世界に神秘的なまでの親近感を覚えるが、と同時に、自分にはそのような激しさ、無邪気さ、繊細な悦び、そして、ぞんざいな光彩を帯びた創作をする能力のないことを自覚する。ドイツ人は Unser Shakespeare（われらのシェイクスピア）と呼んでいたし、今もそう呼んでいるものの、自分たちの適性は異なった種類の芸術――熟考されたシンボルの、あるいはポレミックな主題の芸術――に向けられていることを認識しているのだ。例えばグンドルフの『シェイクスピアとドイツ精神』や、パスカルの『ドイツにおけるウィリアム・シェイクスピア』を読むと、ドイツ人のそうした憧憬や知的乖離を痛感せざるをえないが、この世紀を越えた悲劇の主人公は、一個の人間ではなくて数多くの世代なのである。

他の国の人間ならばうっかり粗暴になったり、たまたま英雄的であったりすることができる。ところがドイツ人には自己抑制の訓練と恥辱の倫理が必要となるのだ。

手短かなドイツ文学史ということであれば、私の知る限り、最も優れているのはクローナーから出版されているカール・ハイネマンのそれである。逆に、最も残念な、避けるべき文学史は、愛国的迷信によって損われているマックス・コッホ博士の著作である。これには無謀にも、カタルーニャの出版社からスペイン語訳が出ているが。

レスリー・D・ウェザーヘッド『死後』（ザ・エプワース・プレス、ロンドン、一九四二年）

かつて私は幻想文学のアンソロジーを編んだことがある。発行部数は僅かなもので、今では、それこそ第二のノアが第二の大洪水から救い出さねばならないほどの稀覯本になっているであろうが、その本には以下に挙げるような、このジャンルの紛《まぎ》れもなき大家たちが漏れているという大きな落度があったことを率直に認めなければならない――パルメニデス、プラトン、ヨハンネス・スコトゥス・エリウゲナ*、アルベルトゥス・マグヌス*、スピノザ、ライプニッツ、カント、フランシス・ブラッドリー*。実際のところ、神の発明、つまり、三位でもありながら孤独にも**時間の外に**在り続けるひとつの存在という手のこんだ理論に対峙する、ウェルズやエドガー・アラン・ポーの驚異――未来からわれわれのもとに届く花、あるいは催眠状態に置かれた死人——とは、いったい何なのか？　前もって定められた調和に対する反芻動物の胃石とは何なのか？　三位一体に対する一角獣とは何者なのか？　大乗仏教の仏陀の化身に対するルキウス・アプレイウスとは誰なのか？　シェヘラザードの語るすべての夜はバークリーの理論にとって何なのか？　私は段階的な神の発見を尊重してきた。また天国と地獄（永遠の報償と永遠の処罰）も、人間の想像力の好奇心に富んだ、実に見事な所産だと思っている。

神学者たちは天国を久遠の栄光と恵みに満ちた場所と定義し、地獄の責め苦のために定められた場所とは異なることを強調している。ところがウェザーヘッドのこの本の第四章は、その区別を説得力豊かに否定している。彼の主張するところによれば、地獄と天国は地形学的な場所ではなく、魂の状態の両極なのである。この考えは、つとにミルトンの詩によって表明された——Which way I fly is Hell ; myself am Hell（私の飛んで行くところどこにでも地獄がある。私自身が地獄なのだから）——ところの、内在的な地獄について語るアンドレ・ジッドの話（『日記』六七七ページ）と完全に一致し、スウェーデンボリの、どうしようもなく堕落した魂は天国の耐えがたい光輝よりも、洞穴や沼地の方を好むという説と部分的に呼応する。ウェザーヘッドは、個々の魂の能力によって、地獄のようにも天国のようにもなり得る、異種混交の唯一のあの世を提唱している。

ほとんどすべての人間にとって、天国と幸福の概念は分かちがたく結びついている。ところが十九世紀の末にバトラーが、そこにおいてはあらゆることが容易に挫折してしまうような天国（というのも、十全な幸福に耐えられる者などいないからであるが）、および、それと相関関係にある地獄、そこでは睡眠が禁じられていること以外、何ひとつとして不快な刺激のない地獄を提起した。一九〇二年ごろ、バーナード・ショーは地獄に、エロスの夢と、自己犠牲と、純粋にして不滅の愛の栄光を付与し、天国を現実の主人たちの棲家とした（『人と超人』第三幕）。ウェザーヘッドは敬虔なる読書によって鼓舞されている凡庸な、ほとんど存在しないも同然の作家であるが、それでも永遠の純粋な至福の直接的な追求など、その裏面たる死の追求に劣らず笑止であることを直観的に感じとっていた。彼はこう書いている――「われわれが天国と名づけている悦ばしい体験の至高の概念は、奉仕――キリストの仕事に自由な十全な形で参画する――という概念である。このことは別の精神のあいだにあっても、また、おそらくは別の世界においても起こりうるであろう。おそらくわれわれは、われわれの世界の救済に力を貸すことができるであろう。」また別の章では次のように強調している――「天国の苦痛は強烈であろう。というのも、われわれがこの世で進歩すればするほど、それだけ一層われわれはあの世で、神の生を共有することになるからだ。ところで、神の生は痛ましいものである。彼の心にはこの世の罪と罰が、ありとあらゆる苦しみがつまっている。宇宙に一人でも罪人が残っている限り、天国に平安はなかろう。」(創造主の、悪魔をさえ含んだあらゆる被造物との最終的な和解を唱えたオリゲネスは、つとにこのことを夢想していた。)

こうした擬似神智学的な推測に対して読者はどのようにお考えだろうか。カトリック教徒は(アルゼンチンのカトリック教徒のことだが)あの世のことを信じてはいる。しかしながら、私の見るところ、あまりそれに興味を持っていないようだ。私はその反対であって、大いに興味を惹かれるが、信じてはいない。

M・デイヴィドソン『自由意志論争』(ウォッツ、ロンドン、一九四三年)

この本の内容は決定論者と自由意志を支持する者たちの、世紀を越えた広汎な論争の歴史たらんとするものである。しかし、作者の誤った方法ゆえに、歴史にはなっていない、あるいは不十分な歴史でしかない。著者がここでしているのは、様々な哲学体系を紹介し、このテーマに関する各体系の理論を説明することだけである。こうした方法は、誤りでないとしたら不十分である。なんとなれば、対象となっている問題が特殊な、あるいは個別的性質を帯びているものであってみれば、その最良の議論は、規準となっている著作の一節のなかにではなく、個々のテクストのなかにこそ探し求められるべきだからである。管見の及ぶところ、まず披閲すべきはウィリアム・ジェイムズのエッセー『決定論のジレンマ』、ボエティウスの『哲学の慰め』、そしてキケロの『宿命論』と『卜占論《ぼくせん》』である。

決定論の最古の形式は占星術である。デイヴィドソンはこのように理解して、その著作の最初の数章をそれに宛てる。そして天体の及ぼす影響を述べているが、占いに関するストア学派の理論を納得のいくほど十分には解き明かしていない。その理論によれば、宇宙はひとつの全体を形づくっており、それを構成する部分の一つひとつが（よしんば隠微な具合にであっても）他の部分の歴史を予示しているのであるが。「この世に起こることはすべて、いずれ起こるであろう何かの予兆である」と、セネカは言った（『自然研究』II、三二）。キケロもすでに次のように説明していた――「ストア派は神々が肝臓の亀裂の一つひとつや小鳥たちの歌声の一つひとつに介入することを認めない。そのようなことは神の威厳にふさわしくないことであって、断じて容認できないと言うのである。それとは逆に彼らは、この世においては開闢以来、一定の出来事の前には必ず一定の徴候があり、鳥の臓腑も、稲妻も、驚異も、星辰も、夢も、熱狂的な予言もそうしてもたらされるように秩序づけられていると主張する……あらゆることが宿命によって生起するのであるから、もし原因の全体的連鎖を見渡すことのできるような精神の持ち主が存在すれば、彼は決して読み間違いをすることはなかろう。未来のあらゆる出来事の原因を知っている者が、将来を予見できるというのは理の当然だからである。」そのほぼ二千年後、ラプラス侯爵は世界の一瞬を形成するありとあらゆる事象を、たったひとつの数字の公式に帰着させ、後にその公式から、未来と過去のすべてを抽出するという可能性と戯れた。

デイヴィドソンはキケロに言及していないし、斬首刑に処せられたボエティウスにも触れていない。しかしながら、世の神学者たちは、人間の自由意志と神の摂理との和解の最も優雅な形態を、このボエティウスに負っているのである。もし神が、星に輝きを与える以前から、われわれ人間のすべての行為や、われわれの心の最も奥まったところにある考えさえご存じであったとするなら、われわれの自由意志とはいったい何であろう？ ボエティウスは、われわれの神に対する従属は、ひとえに神が**前もって**われわれの行為をご存じであるという状況によっている、と洞察力豊かな指摘をする。もし神の知識がわれわれの行為と同時的であって、先見的なものではないとするなら、われわれはわれわれの自由意志が無効であるとは思わないであろう。われわれを打ちのめすのは、われわれの未来が詳細にいたるまで、前もって《誰か》の胸のうちにあるという事実である。この点を明らかにした上で、ボエティウスはわれわれに、その純粋な要素が永遠である神にとっては以前も以後もない、《彼》にとっては位置の多様性も時間の継続も、一点であり同時にすぎない、ことを思い起こさせる。神が私の未来を予見しているのではない。私の未来は、不変の現在である神の唯一の時間を構成する部分のひとつなのだから。（ただボエティウスはこの議論において、providencia（神慮）という語に previsión（予見）という語源に基づく意味を付与しているが、そこにちょっとした誤謬がある。なぜなら《神慮》というのは、辞書がとっくに明らかにしているように、諸々の事象を予見するにとどまらず、それらに秩序を与えることをも意味するからである。）

私は先ほどジェイムズに言及したが、デイヴィドソンは奇妙なことに彼を無視し、奇妙なことにヘッケルをとりあげ、これに一章をさいている。決定論者は、宇宙に可能性を帯びた事象、すなわち、起こるかも知れないし起こらないかも知れない事象がひとつでも存在することを認めようとしない。これに対してジェイムズは、宇宙には神の壮大な筋書きがある、しかしその筋書きの実践において、些細なことは行為者の責任に委ねられると推測している。[1]しからば、神にとって些細なこととは何であろうか？　肉体的苦痛、個人的な運命、倫理？　もちろん、これらがそうなのかも知れない。

〔1〕　ハイゼンベルクの原理は——私は無知ゆえ恐れおののきながら言うが——この推測に背反す

るものではないと思われる。

吹き替えについて

組み合わせの技法の可能性が無限というわけではないが、それはしばしば驚異的でありうる。古代ギリシャ人はキマイラを、つまりライオンや、竜や、山羊の頭を持つ怪獣を生み出した。二世紀の神学者は、《父》と《子》と《精霊》が分かちがたく絡み合った《三位一体》なるものを考え出した。中国の動物学者は、六本足で翼が四つある、しかし目もなければ顔もない朱色の超自然的な小鳥、帝江《テイジャン》を創った。十九世紀の幾何学者は超立方体《イペルクーボ》を、すなわち、無数の立方体を包含している、そして八つの立方体と二十四の正方形によって限定されている四次元の形状を考案した。そして今ハリウッドは、その虚しい奇形学博物館をさらに豊かにした。**吹き替え**と呼ばれる質《たち》の悪い装置によって、輝くばかりのグレタ・ガルボの顔と田舎娘アルドンサ・ロレンソの声を結びつけ、われわれに奇怪なものを見せつけようというのである。このような悲しむべき驚異を前にして、このような手のこんだ視覚音響的異形を前にして、どうして感嘆の声をあげずにおられようか?

吹き替えを擁護する者たちは（おそらく）、この新たな装置に反対することが可能であるなら、その反対は他のいかなる翻訳行為にも向けることができると主張するであろう。しかしこの議論は、吹き替えの中核的な欠陥――他の言葉と他の声の恣意的な接ぎ木――に気づいていないか、それを意図的に回避しているのである。ヘプバーンやガルボの声は決して偶発的なものではない。それは世界にとって、彼女たちを規定する属性のひとつなのである。さらに、イギリス人の身ぶり手ぶりはスペイン人のそれと同じではないことに思いを馳せておくのも悪くはなかろう〔1〕。

地方では吹き替えが歓迎されているという話を聞いたが、それは関係者のおきまりの見解であろう。少なくとも私は、チレシートやチビルコイといった地方都市の目きき連《コネセール》の意見が公表されるまでは、そうした見解に屈するつもりはない。また吹き替えは、英語を知らない者にとっては楽しいし、許容できるものだという話も聞いた。私の英語の知識はロシア語に対する無知ほど完璧なものではない。それでも私は、『アレクサンドル・ネフスキー』を、もとのロシア語以外の他の言語では二度と見る気にはならないだろう。しかし、もしその映画がオリジナル版で（あるいは私がオリジナルだと信じている版で）上映されるとなれば、私は九回でも十回でも夢中になって観ることであろう。このオリジナル重視は重要なことだと思う。吹き替え、あるいは吹き替えが内包している取り替えより一層悪いのは、取り替えの、まやかしの意識の蔓延だからである。

吹き替えを支持する者は誰でも、最後には決まって宿命とか決定論を口にする。つまり、そのような手段は非情な歴史の流れの必然的な結果であって、早晩われわれは、吹き替えの映画を観るか映画を観ないかの、いずれかを選択することになろう、と誓うのである。このところの世界的な映画の堕落（時として、『デメトリオの仮面』のごとき稀な例外によって救われてはいるが）にかんがみると、上の選択肢のうち二番目の方がましである。最近の笑止な駄作（私はモスクワの『あるナチの日記』やハリウッドの『ワッセル博士の歴史』を念頭に置いているのだが）を観ていると、映画とは一種の否定的な天国であるとの思いが強くなる。「観光は失望するための術である」と書き残したのはスティーヴンソンであるが、この定義は映画にあてはまるし、悲しいことにはさらに頻繁に、人生というどうしても回避できない営為の総体にもあてはまる。

〔1〕 観客のなかにはこう自問する人もいるであろう——不当にも声が変えられているなら、いっそのこと、どうして役者の姿形も変えないのだ？ そうした技法はいつになったら完璧なものになるのだ？ いつになったらわれわれは、スウェーデンのクリスティーナ女王役のグレタ・ガルボ役のファアナ・ゴンサーレスを直接目にすることができるようになるのだ？

変身したジキル博士とエドワード・ハイド氏

ハリウッドはもうこれで、ロバート・ルイス・スティーヴンソンの名誉を三度も毀損したことになる。この名誉毀損は『人間と野獣』と題され、それを犯した張本人はヴィクター・フレミングで、彼は不気味なほど忠実に、マムーリアンの解釈《ベルシオン》の（歪曲《ペルベルシオン》の）美的および倫理的な過ちをくり返している。まず後者の倫理的側面の検討から始めよう。一八八六年に発表された小説では、ジキル博士は、人間誰しもがそうであるように二重人格者であり、彼の分身たるエドワード・ハイドは常に変らぬ悪の権化である。これに対して一九四一年の映画では、ジキル博士は誠実にして品行方正な若き病理学者であり、一方、彼の分身たるハイドは、サディストにして軽業師的なところのある放蕩者である。ハリウッドの思想家たちにとって《善》とは、裕福にして慎しみ深いラナ・ターナー嬢との婚約時代であり、《悪》（デイヴィッド・ヒュームやアレクサンドレイアの異端の創始者たちをあれほど苦しめた概念）とは、イングリッド・バーグマンやミリアム・ホプキンズとの違法な同棲なのだ。言うまでもないことだが、問題をこのように歪曲したり、単純に割り切ったりすることなど、スティーヴンソンの意図とはまったくかけ離れている。彼は小説の最終章において、好色と偽善というジキルの欠陥を明言しているのだ。彼はまた『倫理学研究』（一八八八年）のなかの一篇で、「真に悪魔的なるものの現出のすべて」を数えあげようとして、このようなリストを提示している――「嫉妬、邪悪、嘘、さもしい沈黙、中傷となる真実、名誉毀損者、ちっぽけな暴君、愚痴をこぼして家庭生活を台無しにする者。」（私なら、背信や強欲や虚栄によって汚されていなければ、性的な事象は倫理の領域には含まれないと言い添えるであろう。）

さて、この映画の構成はその神学よりなおさら粗雑である。原作ではジキルとハイドの同一性は大きな驚きである――作者は第九章の最後までそれを秘めているからである。その寓意的な物語は探偵小説風であって、当初からジキルとハイドが同一人物であることを予測できるような読者はいない。他ならぬ題名自体がわれわれに、彼らが二人であると思わせているのだ。こうした手続きを映画に取りこむとしたら、これほどたやすいこともあるまい。まず、何かしら推理を必要とする問題を想定しよう。そして、観客に顔のよく売れている二人の役者が（例えば、ジョージ・ラフトとスペンサー・トレイシー）スクリーンに登場する。二人はよく似た言葉づかいをし、共通の過去を暗示するような事実を口にする。そのうち問題が混みいって解読不可能と思われた時になって、二人のうちの一人が摩訶不思議な薬物を飲んで相手の男に変身する。（もちろん、こうした計画をとどこおりなく実行するためには、二、三の音声上の再調整——主人公たちの名前の変更——が必要となる。）私よりはるかに洗練されているヴィクター・フレミングは、あらゆる驚嘆と神秘を回避している。映画の冒頭でスペンサー・トレイシーは、なんの屈託もなく変身用の薬を飲み、別のかつらをつけた、黒人のような風貌のスペンサー・トレイシーに変っているからである。

スティーヴンソンの二重性の寓話を越えて、十二世紀にファリード・ウッ・ディーン・アッタールが書いた『鳥の言葉』の世界に近づくことになるが、われわれはひとつの汎神論的な映画、つまり、その数多くの登場人物が、最後には、永続的である《一人》に帰するという映画を思い描くことができよう。

われわれの不可能性

アルゼンチン人の性格の最も端的な病弊に関するこの断片的な見解は、その前提としてひとつの断わりが必要となる。つまり、小文の対象が都市部のアルゼンチン人——競売とか肉の塩漬け加工といった職業の栄光を高く評価したがる、日常的にバスに乗りながらそれを凶器と見なしている、合衆国を軽蔑する一方でブエノスアイレスは殺人の件数にかけてはシカゴと張り合うことができると吹聴している、割礼を受けていないような、そして髭を生やしていないようなロシア人は一人もいないと言い張る、バージニア葉を使ったタバコと不能のあいだに何らかの秘めたる関係を嗅ぎつけている、硬骨魚類の一種であるセリオーラの動きを手で真似て喜んでいる、歓喜に満ちた特別な夜には〝パリージャス〟と呼ばれる最近出現した古典的な遊興施設において消化器の、排泄器の、生殖器の一部を飲みほしている、われわれの〝ラテン的理想主義〟と〝ブエノスアイレスの生の現実〟をいっしょくたにして自慢している、そして、無邪気にも生の現実のみを信じている、われわれの周囲にごろごろしている奇妙な連中——であるという断わりである。従って私は対象をクリオージョ*——現在では人種的しがらみから解放され、マテ茶をすすりながら逸話に興じる話好きなタイプの人間——に限るわけではない。昨今のクリオージョとは（少くとも首都のブエノスアイレスにおいては）、言語的なひとつのバリエーションであり、その営為が時として人を不愉快にしたり、またある時には喜ばせたりする存在である。後者の例として挙げうるのは年配のガウチョであり、彼らのアイロニーや高慢さは奴隷根性の微妙な一形態を表現している、というのも、それらは隷属にまつわる一般的概念に合致するものだから……。私の考えでは、クリオージョというものは、多くの他国者《よそ》が寄り集っているがゆえに、その性質が画一化してもいなければ歪められてもいないような地域——例えば、レプブリカ・オリエンタル〔ウルグアイのこと〕の北部諸州——において調査されるべきであろうと思う。それはともかくとして、私はわれわれの身のまわりのアルゼンチン人に目を向けることにする。もちろん私は彼らに対する完全な定義づけをしようというのではない。彼らの最も見易い特徴を指摘しようというのである。

まず第一は想像力の貧困である。典型的なアルゼンチン人にとって、馴染みのないものはすべて怪物じみており、それゆえ笑止なものなのである。皆がちゃんと髭をそっている折にあご髭を生やしている変り者、あるいは、つば広帽子がのさばっている地区を山高帽をかぶって闊歩しようなどという者はひとつの奇跡であり、それを目のあたりにする者たちにとっては信じ難いスキャンダルなのだ。わが国の舞台にのせられる風俗喜劇《サイネーテ》においては、ガリシヤ人やグリンゴ*の登場人物は、クリオージョのパロディ化された単なる陰画にすぎない。彼らは悪党ですらない——悪党であるためにはある種の尊厳が必要となろう。彼らは滑稽にしてとるに足りない瞬間的な存在である。虚しく動き回るだけの彼らには、死という根源的な厳粛ささえ拒まれている。そして、そうした幻影性は、大ざっぱに言って、わが国民の虚妄の確実性と好一対をなしている。アルゼンチン人にとっては**それ**が外国人、すなわち錯誤に満ちた、許しがたい、ひどく現実性を欠いた人間なのである。もちろん、わが国の俳優連の無能もこうした傾向の助長に力を貸しているが。ところが今では、つまりブエノスアイレスの十一人の善良な男連《コンパドリートス》がモンテビデオの十一人の悪いあらくれたち《コンパドリートス》にひどい仕打ちを受けてからというもの、外国人とはとりもなおさずウルグアイ人ということになった。それでは未知の外国人、名目上の外国人との違いはどこにあるのか。彼らこそが真正の外国人ではないのか？　それはともかく、アルゼンチン人は彼らを、世界の責任ある部分として認めることができないのだ。あの忘れ難い映画『ハレルヤ』*がこの国の観客に対して失敗に終ったのは――より的確に言えば、『ハレルヤ』に対してこの国の多くの観客が失敗したのは――アルゼンチン人の二種の無能の断固たる提携によるものである。その映画が自分たちとは無縁の黒人を扱っているがゆえにつのった無能、そして、それに劣らず嘆かわしくも象徴的特性としての、ある熱狂を、ひやかしの気持なく耐えることができないという無能である。こうした非アルゼンチン的なるものに対する気楽な、しかし致命的な無頓着は同時に、われわれの祖国によって支配されている所に対する驚くべき評価と執着を内包している。数か月前のことであるが、地方の州知事選挙でごく順当な結果が出たにもかかわらず、〝ロシア・マネー〟が動いたという噂が流れた。まるで、この冴えない共和国の内政のそのまた地方レベルの政治がモスクワの関心を惹き、ロシア人を熱狂させたとでも言わんばかりに、である。誇大妄想的な善意がこうした伝説を許容するのだ。われわれの外に向けられた好奇心の完璧な欠如は、ブエノスアイレスに出回っているあらゆるグラビア雑誌を見れば一目瞭然である。それらは世界の五大陸と七つの海にはまったく興味を示すことなく、その代りに高級保養地マル・デル・プラタでの避暑のためには、いたれり尽くせりの記事を満載しており、ここからも人びとのさもしい熱意と憧れ、そして関心がどのあたりにあるか見てとれよう。つまり彼らの視野は極めて狭くて貧しいだけでなく、ひどく内々《うちうち》にして、馴れ親しんだものなのだ。地元の住民にとってのブエノスアイレスといえば、つとに画一的なイメージが形成されていて、それは都心《セントロ》、北部地区《バリオ・ノルテ》（そこのうす汚ない安アパートは除いて）、ボカ地区、そしてベルグラーノ地区からなっている。それ以外は不都合な余分な場所、〝ラ・スブルバーナ〟と呼ばれる、がたぴしの郊外バスが偶然にも止まる虚しい場所ということになるのだ。

私がここに書きつけておきたいもうひとつの特徴は、失敗あるいは挫折に対する抑え難い喜びである。この都市《まち》の映画館においては、何か期待が裏切られる場面がある度に、平土間席の客は、まるで喜劇を見ているかのように喝采する。同じことは決闘についても言える——観客が関心を示すのは、決して勝者の喜びに対してではなく、敗者の大きな屈辱に対してである。スターンバーグ監督のある勇壮な映画の一場面であるが、パーティも終りに近づいた明け方、巨漢の殺し屋ブル・ウィードが、だらしなく散らばった紙テープを踏んづけながら、飲んだくれのライバルを殺そうとして近づいて来る、そして殺し屋が自分の方にやって来るのを見た男が怖じ気づき、さし迫った死から無様な格好で逃げようとすると、そこに唐突な高笑いが湧きあがり、われわれが南半球に居るのを改めて思い知ったことであった。場末の映画館などでは、ほんの少しでも攻撃の徴候が現われれば、それでもう観客は大いに沸くのである。そうした手近な意趣ばらしの気持を的確に表現するのは、¡sufra!〔苦しむがいい〕という命令形で、この言葉が人の口をついて出ることはあまりないものの、心のなかには常にひそんでいるのだ。また、アルゼンチンの女性が相手に対して、羨望のいらだちをかき立てるためであるかのように、自分の優越——例えば夏のバカンスの豪華な日程——を誇示せんとして用いる間投詞 ¡tomá!〔ほらね〕も意味深長である。(ついでに指摘しておけば、スペイン語で最も率直な称賛の言葉は envidiado〔羨望の的となっている〕という過去分詞である。)ブエノスアイレスの人間が秘めている憎悪を雄弁に物語っているもうひとつの現象は、随所に見られる匿名性であり、そのなかに新手《あらて》の、顔を見せない聴覚による匿名性を加えなければならない。私の言いたいのは、自分を傷つけることなく他人を侮辱する、破廉恥な電話のことである。この非人称的なさもしい一種の文学ジャンルがアルゼンチン人の発明になるものかどうか私は知らないが、これがわが国において心地よい永続的な場所を見出していることは確かである。実際この首都には、無礼千万な電話を時ならぬ時にかけて寄こす名人が沢山いるのだ。またこの市《まち》の住民たちは、ハイ・スピードがよそよそしさの一形態であること、そして瞬間的に通過する車から徒歩の人に浴びせかけられる声高な侮辱は、概してまったくお咎《とが》めなしであることをも忘れてはいない。なるほど、ひどい言葉を浴びた人もまた匿名であって、彼の怒りや不快感もすぐに鎮まってしまう。しかし、ここでは人を侮辱することは常にひとつの慰めであり、気晴らしなのである。私はもうひとつの奇妙な例を付け加えよう。それは男色である。地球上のいかなる国においても、この想像を絶する交わりの行為者たちは一様に難詰されている。旧約の「レビ記」も、「女と寝るように男と寝る者は、両者共にいとうべきことをしたのであり、必ず死刑に処せられる」と言っている。ところが、ブエノスアイレスの悪《わる》たちのあいだにあってはそうではなく、彼らは当事者にある種の敬意を払うよう要求する——互いに相手の体を痛めているからだというのである。私はこうしたおぞましい屁理屈を、おどろしい地獄を内包している〝淫行〟や〝悪ふざけ〟の擁護者たちに突きつけたいと思う。

想像力の貧困と恨み、これらがわれわれの病的な部分を規定している。「コチャバンバにおける想像力」と題するウナムーノのエッセーが前者を裏付けているが、このエッセーの内容は容易にラテンアメリカ全体に広げうるものである。後者の遺恨については、唯ただ、ある中道政党を困らせ苦境に追いやるために、共和国全体を無理やり社会主義体制にせんとしている保守的政権の比類なき狂態がその証左となろう。

私は何代も前からのアルゼンチン人である。従って、こうした愚痴をこぼすのは決して嬉しいことではない。

一九三一年

訳　註

ガウチョ詩

一三　**ガウチョ詩**　ガウチョとはラプラタ川流域の大草原パンパに住む、通常はスペイン人とインディオの混血で、牛飼いを主たる生業とする民、いわばパンパのカウボーイである。彼らの中から、パヤドールと呼ばれる一種の吟遊詩人が生まれ、彼らがパンパを旅しながら、ギターの弾き語りで、ガウチョの生活と魂をうたうようになった。そして、パヤドールの語りという形式をとっている文学がガウチョ詩で、その代表的作品がここでも取りあげられる、ホセ・エルナンデスの『マルティン・フィエロ』である。

一三　**ホイッスラー**　ジェイムス・ホイッスラー。アメリカの画家。一八三四―一九〇三。絵画と音楽との相関性に着目した非具象的傾向の作品は現代美術の先駆として注目される。代表作のひとつとなった『黒と黄金の夜曲―落下する火矢』をめぐるラスキンとの論争は有名。

一四　**『ガウチョ、マルティン・フィエロ』**　アルゼンチンの作家、ホセ・エルナンデス（一八三四―八六）

作の二部からなる「ガウチョ詩」の第一部。第二部は『マルティン・フィエロの帰郷』と題されている。

一四 **フアン・クルス・バレーラ**　アルゼンチンの詩人、ジャーナリスト。一七九四―一八三九。古典文学の研究においても卓越していた。

一四 **フランシスコ・アクーニャ・デ・フィゲローア**　ウルグアイの最初の重要な作家。一七九〇―一八六二。ウルグアイの国歌を作詩した。

一五 **マルティン・フィエロ**　ホセ・エルナンデスの代表的「ガウチョ詩」の主人公。

一五 **ルゴーネス**　レオポルド・ルゴーネス。アルゼンチンの詩人、作家。一八七四―一九三八。ボルヘスが文学の師と仰いだ人物。

一五 **アスカスビ**　イラリオ・アスカスビ。アルゼンチンのガウチョ文学の詩人。一八〇七―七五。《アニセート》は彼のペンネームであると同時に、彼が創刊した諷刺的な雑誌の名でもある。

一五 **『ファウスト』**　アルゼンチンの詩人、エスタニスラーオ・デル・カンポ（一八三四―八〇）作のガウチョ詩。

一五 **ビスカチャ**　ホセ・エルナンデス作『マルティン・フィエロ』の登場人物。

一五 **オリーベ**　マヌエル・オリーベ。ウルグアイの軍人政治家。一七九二―一八五七。

一六 **バルトロメ・イダルゴ**　ウルグアイの詩人。一七八八―一八二二。『愛国対話』が代表作。

一六 **ローハス**　リカルド・ローハス。アルゼンチンの文学者、歴史家。一八八二―一九五七。

一七 **人夫頭のハシント・チャーノやガウチョのラモン・コントレーラス**　ともにイダルゴの代表作『愛国対話』の主要な登場人物。

一八　**驚くほど多くのペンネーム…**　アスカスビは『パウリーノ・ルセーロ』という雑誌においては二十四の、そして『アニセート・エル・ガーリョ』では十三のペンネームを使用していた。（前頁註「アスカスビ」参照）

一八　**ベランジェ**　ピエール＝ジャン・ド・ベランジェ。一七八〇―一八五七。一九世紀前半、フランスの国民的詩人として絶大な人気を博した、諷刺歌謡作家。

一九　**アスカスビの一八七二年に上梓された初版本**　アスカスビの三巻（第一巻は『サントス・ベーガ』、第二巻は『アニセート・エル・ガーリョ』、第三巻は『パウリーノ・ルセーロ』）からなる全集は、まず一八七二年にパリで出版された。

一九　**『サントス・ベーガ』**　インディオの吟遊詩人《パヤドール》たるサントス・ベーガが語るという形式の長大な物語詩で、フルタイトルは『サントス・ベーガ、もしくはフロル農場の双生児。アルゼンチン共和国（一七七八―一八〇八）の平原と牧場におけるガウチョの生活の劇的な様相』。

二〇　**エスタニスラーオ・デル・カンポ**　前頁註「『ファウスト』」参照。

二〇　**自著『審問』において…**　ボルヘスは『審問』（一九二五）において、「『サントス・ベーガ』はパンパの全体像である」と言っている。

二一　**『パウリーノ・ルセーロ』**　アスカスビの作品でフルタイトルは『パウリーノ・ルセーロ、もしくはアルゼンチン共和国とウルグアイ共和国の独裁者に対して歌いながら戦ったガウチョたち』（一八三二）。

二二　**メディア・カーニャ**　足の踏み鳴らし《サパテーオ》、指のはじき《カスタニエータ》、手のたたき《パルモテーオ》からなり、三組のペアがグループをなして踊る、伝統的なダンス。

二三　**『アニセート・エル・ガーリョ』**　アスカスビの作品で、フルタイトルは『アニセート・エル・ガーリョ、すなわち、雑誌記者にしてガウチョ詩人』（一八七二）。

二五　**オジュエラ**　カリスト・オジュエラ。アルゼンチンの詩人、批評家。一八五七―一九三五。《アルゼンチン・アカデミー》の会長であった。

二五　**《統一派》**　当時のアルゼンチンの政治抗争を演じた一派で、保守的な「連邦派」に対して「統一派」は自由主義的であった。ちなみに独裁者のフアン・マヌエル・デ・ローサスは「連邦派」の領袖であった。

二六　**ドン・フアン・マヌエル**　アルゼンチンの独裁者、フアン・マヌエル・ローサス（一七九三―一八七七）のこと。

二六　**フロレンシオ・バレーラ**　アルゼンチンの政治家、ジャーナリストで、「統一派」の最も傑出した人物の一人。一八〇七―四八。独裁者ローサスが実権をふるっている間、モンテビデオに亡命していたが、そこでローサス派の刺客によって暗殺された。アスカスビは自分の全集の第二巻を彼に捧げている。

二六　**ユウェナーリス**　ローマ最高の諷刺詩人。引用は『諷刺詩集』第一歌より。

二六　**再興者殿**　ここで「私のパトロン殿」と呼びかけられている独裁者のローサス（＝ドン・フアン・マヌエル）は「法の再興者《レスタウラドール》」という称号をたてまつられていた。

二八　**十年にわたって誰ひとり…**　独裁者ローサスが実権を掌握した一八二九年から、一八三九年十二月二十九日にカガンチャの戦いで敗れるまで、一度も敗北を喫しなかったことを示唆している。従って、この悍馬とはフアン・マヌエル・ローサスのこと。

二八　**ドン・フルートス**　ウルグアイの軍人政治家のフルクトゥオーソ・リベーラ（一七八八―一八五四）

のこと。ウルグアイの初代大統領。ここでは、ウルグアイ軍を率いた彼がローサスの軍隊を打破したことを言っている。

二八 **ラバーリェ将軍** フアン・ガロ・デ・ラバーリェ。アルゼンチンの愛国的軍人。一七九七—一八四一。

二九 **バダーナ** ウルグアイの軍人政治家、パスクアル・エチャグエ(一七九七—一八六七)の異名。

三〇 **ほら 五月二十五日の** アルゼンチンの独立運動の開始された一八一〇年五月二十五日のこと。

三一 **「ラ・レファローサ」** この詩は『パウリーノ・ルセーロ』の一部をなすものである。

三一 **シェリフ** ロバート・シェリフ。一八九六—一九七五。第一次世界大戦の体験に基づいた『旅路の終わり』で名声を得た。

三二 **おそらく最も無粋な名前でもあろうが** 《アニセート・エル・ガーリョ》のガーリョというのは「雄鶏」の意。ちなみに、弟子のカンポのペンネーム《アナスタシオ・エル・ポーリョ》のポーリョは「若鶏」の意である。

三三 **グルーサック** ポール・グルーサック。アルゼンチンの学匠文人。一八四八—一九二九。本書一四二頁以下参照。

三三 **《契約《パト》》にまつわる滑稽な一面が…** 「契約」はパクト pacto というが、これが訛ってパト pato となっている。ところが「パト」にはまた「あひる」の意もあり、主人公がこれを取り違えるところから混乱と滑稽味が生じている。

三三 **クリオジスモ** クリオージョ主義。クリオージョとは本来、新大陸生まれのスペイン人を指すが、ボルヘスの場合、土着的な生粋のアルゼンチン人という意味で用いられることが多い。従って、「クリオジスモ」は土着主義とも訳すことのできる言葉で、広く、クリオージョ特有の慣習や思想、言葉づかいの意で用いられる。
二三五 **クリオージョ**　前註参照。
二三五 **グリンゴ**　外国人、とくにイタリア人を指す語であるが、ここではクリオージョとの対比において、生粋のアルゼンチン人の精神を失ってしまった男、といったほどの意で使われているのであろう。
二三七 **トルーコ**　アルゼンチンで最もポピュラーなトランプ遊び。
二三七 **イリゴージェン**　イポリト・イリゴージェン。アルゼンチンの政治家。一八五二―一九三三。急進党の党首で大統領になった（在位一九一六―二二、一九二八―三〇）。
二三七 **アントニオ・ルシッチ**　ウルグアイの詩人。一八四八―一九二八。
二三七 **『エル・パヤドール』**　主としてホセ・エルナンデスの『マルティン・フィエロ』を論じたもの。
二三八 **アパリシオの戦い**　アパリシオというのは、ウルグアイの革命軍を指揮した大佐の名前である。
二三八 **リカルド・グティエレス**　アルゼンチンの医師、詩人。一八三六―九六。ガウチョ詩『ラサロ』の作者。
二三八 **エチェベリーア**　エステーバン・エチェベリーア。アルゼンチンの詩人、小説家。一八〇五―五一。アルゼンチンへのロマン主義の導入者として知られる。
二三九 **ラモン・コントレーラスとチャーノ**　二七六頁の註を参照。
二四七 **アヤクーチョ**　ブエノスアイレス州の一村落。
二五三 **『わがシッドの歌』**　スペインの十二世紀の英雄叙事詩。
二五四 **ハドソン**　ウィリアム・ハドソン。イギリスの小説家。一八四一―一九二二。『緑の館』の作者。
二五四 **グイラルデス**　リカルド・グイラルデス。アルゼンチンの作家。一八八六―一九二七。ボルヘスらと共に前衛派の詩人として出発し、やがて小説に転じた。

六三 **cantra あるいは contramilla**　この二つのほかに、cantramilla という語も用いられる。これらはいずれも、荷車を引く雄牛を駆り立てるための突き棒の先に吊るされた、牛を刺して刺激を与える道具のことであるが、この語の語原などをめぐって様々な、侃々諤々《かんかんがくがく》の議論がなされていることを、ボルヘスはここで皮肉っているのである。

現実の最後から二番目のヴァージョン

六四 **フランシスコ・ルイス・ベルナルデス**　アルゼンチンの詩人。一九〇〇—七八。

六六 **ルードルフ・シュタイナー**　ドイツ語圏で活躍した神秘思想家。一八六一—一九二五。学問、宗教、芸術の統合を唱える人智学（アントロポゾフィー）の創始者。

六七 **…《聖なる連邦派》の支配下においてしまうのである**　この括弧内ではアルゼンチンの《連邦派》の領袖であった独裁者フアン・マヌエル・ローサスの暴政をほのめかしている。ちなみにボルヘス家は祖父の代から、《連邦派》に対立する《統一派》に属していた。

六八 **ロバート・クライヴ**　イギリスの軍人にしてインドの行政官。一七二五—七四。

六九 **ウォレン・ヘイスティング**　イギリスの植民地統治者。一七三二—一八一八。

読者の錯誤の倫理

七二　**ミゲル・デ・ウナムーノ**　スペインの哲学者、詩人、小説家。一八六四—一九三六。

七三　**バルタサール・グラシアン**　スペインの作家、モラリスト。一六〇一—五八。

七四　**『グスマン・デ・アルファラーチェ』**　マテオ・アレマン（一五四七—一六一六？）作の代表的なピカレスク小説。

七四　**ケベード**　スペイン黄金世紀の作家。一五八〇—一六四五。

七四　**レオポルド・ルゴーネス**　前出註（二七六頁）参照。

七五　**ポール・グルーサック**　本書一四二頁以下を参照。

七六　**サー・トーマス・ブラウン**　イギリスの医師、文人。一六〇五—八二。

もうひとりのホイットマン

八〇　**『ゾハール』**　中世ユダヤ教の神秘思想の根本経典で、十三世紀のスペインのラビ、モーセス・デ・レオン（一二五〇—一三〇五）が編纂した。別名『光輝の書』。

八一　**一体主義**《ウナミニスモ》　一九一〇年頃、フランスの作家ジュール・ロマンが提唱した理論で、集団が持つ超個人的な性格を強調するもの。

八二　**『ペルシャ人』**　アイスキュロスの悲劇。ペルシャ戦争を題材にし、これを敗戦民族ペルシャ人の目からとらえたもの。戦争の行方をめぐる不安などがコロスによって歌われる。

八三　**雑踏する都会をかつて通り過ぎたとき**　ホイットマンの詩の翻訳はすべて酒本雅之訳（『草の葉』岩波文庫、一九九八年）による。

カバラの擁護

九九　**ベイコンはこう書いている**　この引用は『随筆集』のなかの「逆境」論からである。

九一　**ジェレミー・テイラー**　イギリスの宗教家。一六一三―六七。

九一　**イレナエウス**　二世紀のキリスト教の聖人、教父。カトリックの正統信仰をグノーシス派の異端説から擁護した。

九二　**聖パウリヌス**　ローマの詩人、キリスト教宣教者。三五三頃―四三一。

九二　**アタナシウス**　アレクサンドレイアの司教、教会博士、聖人。二九六頃―三七三。

九二　**マセドニオ**　アルゼンチンの作家、マセドニオ・フェルナンデス（一八七四―一九五二）のこと。

九二　**ソッツィーニ**　レリオ・ソッツィーニ。イタリアの神学者。一五二五―六二。三位一体の教義に反対して迫害を受けた。

九五　**オリゲネス**　三世紀ギリシャのキリスト教神学者。

九五　**ヨハンネス・スコトゥス・エリウゲナ**　九世紀アイルランドの哲学者、神秘主義者。

異端思想家バシレイデスの擁護

九六　**『イスパノアメリカ百科事典』**　モンタネール・イ・シモン、バルセローナ、一八八七―一八九八。

九六　**ケベード**　前頁註参照。この著作とは『地獄の夢』である。

九六 **バシレイデス**　二世紀シリアのグノーシス主義者。アレクサンドレイアにバシレイデス派を結成。キリスト教の思想にゾロアスター教、インド思想、魔術の要素などが混ざりあった結果と思われる難解な教義を唱えた。その弟子たるバシレイデス主義者の活動はエジプト、シリア、イタリア、ガリアにまで及び、四世紀になっても続いた。

九六 **ヴァレンティヌス**　二世紀のアレクサンドレイアの、キリスト教グノーシス派の代表者。なお、ここに挙がっているのはいずれも異端の思想家で、例えばケリントスは一―二世紀のユダヤ人キリスト教徒で、イエス・キリストは公正賢明な人間にすぎぬと主張し、その救世死を無意味とした。グノーシス派の異端説からカトリックの正統信仰を擁護したイレナエウスによれば、ヨハネの福音書はケリントスに対する反駁のために書かれたという。また、エビオンはケリントスの弟子にあたる。

九七 **イレナエウス**　前頁註および前註参照。

九九 **アドルフ・ヒルゲンフェルト**　ドイツの神学者。一八二三―一九〇七。ユダヤの黙示文学、教父神学に関する研究で業績をあげた。

九九 **サトゥルニヌス**　二世紀前半にアンティオキアで活躍した神学者、哲学者。バシレイデス、ヴァレンティヌスと並んで、シリア派キリスト教グノーシス異端の代表者。

一〇一 **オッカム**　ウィリアム・オッカム。イギリスのスコラ派の哲学者。一二八五頃―一三四九頃。

一〇一 **彼は海と沈黙を…**　ここでボルヘスは既出のケベードの文章（九六頁）を訂正している。

一〇一 **魔術師シモン**　一世紀のサマリアの魔術師で聖書に登場する人物（「使徒行伝」八章九―二四節）。後代のキリスト教作家たちはシモンの舞台をローマに移し、異端の創始者に仕立てあげた。なお、聖職（聖物）売買（シモニー）という語は彼の名に由来する。

一〇二　**テュロス**　紫染料の取り引きで知られた古代フェニキアの商港。
一〇三　**シュトラウス**　ダーヴィト・フリードリヒ・シュトラウス。ドイツの神学者。一八〇八―七四。著書『イエスの生涯』（一八三六）において、福音書に書かれた超自然的現象は、民間に伝承された歴史的神話の集積であると論じ、大論争を引きおこした。
一〇四　**アンドルー・ラング**　イギリスの文筆家、民俗学者。一八四四―一九一二。

現実の措定

一一〇　**マシュー・アーノルド**　イギリスの詩人、批評家。一八二二―八八。
一一一　**『修業時代』**　ゲーテの教養小説『ヴィルヘルム・マイスター』の第一部。
一一二　**テニソン**　アルフレッド・テニソン。イギリスのヴィクトリア朝を代表する詩人。一八〇九―九二。『イン・メモリアム』と、アーサー王伝説を題材とした『国王牧歌』で知られる。
一一三　**モリス**　ウィリアム・モリス。イギリスの詩人、美術工芸家。一八三四―九六。代表作に、物語詩『地上の楽園』、『イアソンの生涯と死』などがある。
一一三　**『ドン・ラミーロの栄光』**　アルゼンチンの作家、エンリーケ・ロドリーゲス・ラレータ（一八七五―一九六一）の小説。
一一三　**ジョゼフ・フォン・スターンバーグ**　ウィーンに生まれハリウッドで死んだ映画監督、脚本家。一八九四―一九六九。マレーネ・ディートリヒ主演の『嘆きの天使』の監督として知られる。
一一四　**ムア**　ジョージ・ムア。イギリスの詩人、小説家。一八五二―一九三三。

フィルム

一二九『**トロイのヘレンの私生活**』　サー・アレグザンダー・コルダ監督のアメリカ映画（一九二七年）。原題、The Private Life of Helen of Troy.

一二九『**唇の罪**』　ジョン・クロムウェル監督のアメリカ映画（一九三〇年）。原題、For the Defense.

一二九『**命を賭ける男**』　ジョン・クロムウェル監督のアメリカ映画（一九三〇年）。原題、Street of chance.

一二九『**群衆**』　キング・ヴィダー監督のアメリカ映画（一九二八年）。原題、The Crowd.

一二九『**ブロードウェイ・メロディ**』　ハリー・ボーモント監督のアメリカ映画（一九二九年）。原題、The Broadway Melody.

一三一『**マルティン・フィエロ**』　前出註（二七五頁）参照。

一三一『**非常線**』　ジョゼフ・フォン・スターンバーグ監督のアメリカ映画（一九二八年）。原題、The Dragnet.

一三二**アレクサンドル・ブローク**　ロシア象徴派の代表的詩人。一八八〇—一九二一。一九一七年の革命を歓迎し、ロシアに続けとヨーロッパに呼びかけたオード『スキタイ人』を作った。

一三二『**イワン雷帝**』『**戦艦ポチョムキン**』『**十月**』　これら三作は、いずれもセルゲイ・エイゼンシュテインの作品。

一三三『**街の光景**』　キング・ヴィダー監督のアメリカ映画（一九三一年）。原題、Street Scene.

一三三**エルマー・ライス**　アメリカの劇作家。一八九二—一九六七。

一二六 **ロードス島のアポロニオス**　紀元前三世紀のギリシャの詩人。長編叙事詩『アルゴナウティカ』の作者。

一二六 **『高貴にして勇敢な騎士イアソンの遠征と壮挙』**　フィリップ・ル・ボン時代のブルゴーニュ公国の司祭ラウル・ルフェーブルの作。

一三四 **…すぐには元通りにならない**　ボルヘスはポーの原文を適当に操作（部分的な省略）しながら西訳している。この引用に関しては大西尹明氏の訳（東京創元新社版、『ポー全集』第一巻内）を参考にさせていただいた。

一三五 **ジョーン・クロフォード**　アメリカの映画女優。一九〇八―七七。『ミルドレッド・ピアーズ』でアカデミー賞受賞。『何がジェーンに起こったか』が代表作。

一三五 **サー・ケネルム・ディグビー**　イギリスの科学者、外交官、著述家。一六〇三―六五。

一三八 **…指摘したことがある**　本書所収の「ガウチョ詩」参照。

一三八 **エスタニスラーオ・デル・カンポ**　二七六頁の註「『ファウスト』」を参照。

一三八 **『ザ・ショウダウン』**　ヴィクトル・シェルジンガー監督の作品（一九二八年）。

一三九 **『暗黒街の掟』**　ジョゼフ・フォン・スターンバーグ監督の映画（一九二七年）。原題、Underworld.

一三九 **『宿命』**　ジョゼフ・フォン・スターンバーグ監督の映画（一九三一年）。原題、Dishonored.

一四〇 **ティルソ・デ・モリーナ師**　スペインの十七世紀の劇作家で『セビーリャの色事師』の作者。

ポール・グルーサック

一四三 **アルフォンソ・レイエス**　メキシコの作家、批評家。一八八九―一九五九。ボルヘスの創刊した雑誌「船首《プロノア》」の定期的寄稿者として、ボルヘスとも深い交流があった。

一四三 **両大陸にまたがる…**　ポール・グルーサックはフランス生まれで、十八歳のときにアルゼンチンに渡り、のちに帰化した。

一四三 **ホセ・エルナンデス**　本書の「ガウチョ詩」を参照。

一四四 **「図書館《ビブリオテカ》」**　一八九六年にグルーサックが創刊した月刊誌。

地獄の継続期間

一四八 **ケベード**　前出註（二八二頁）参照。

一四八 **トーレス・ビリャロエル**　スペインの詩人。一六九三―一七七〇。ケベードの影響を強く受けた文人で、卓越した『自伝』で後世に名を残している。

一四九 **『イスパノアメリカ百科事典』**　前出註（二八三頁）参照。

ホメーロスの翻訳

一五八 **チャップマン** ジョージ・チャップマン。イギリスの詩人、劇作家、翻訳家。一五五九—一六三四。

一五八 **イタリアの格言** Traduttore è traditóre（翻訳者は裏切り者）という諺のこと。

一五九 **アンドルー・ラング** 前出註（二八五頁）参照。

一五九 **ビクトル・ベラール** フランスの古典研究家、政治家。一八六四—一九三一。

一五九 **サミュエル・バトラー** イギリスの作家。一八三五—一九〇二。

一六一 **レミ・ド・グールモン** フランスの詩人、小説家、批評家。一八五八—一九一五。

一六一 **アグスティン・モレート** スペインの劇作家。一六一八—六九。カルデロン・デ・ラ・バルカの流派に属する。

一六二 **ブラウニングの最も有名な作品は…** イギリスの詩人ロバート・ブラウニング（一八一二—八九）の『指輪と書物』のこと。

一六三 **ヘンリー・ニューマン** イギリスの神学者。一八〇一—九〇。

一六三 **マシュー・アーノルド** 前出註（二八五頁）参照。

アキレスと亀の果てしなき競争

一七一 **『イスパノアメリカ百科事典』** 前出註（二八三頁）参照。

一七一 **G・H・ルイス** ジョージ・ヘンリー・ルイス。イギリスの作家、思想家。一八一七—七八。

一七四 **『意識に直接与えられているものについての試論』** この題名は、論証すべきものを真の命題として前提にする、いわゆる論点先取り《ペティシオン・デ・プリンシピオ》の虚偽を出発点としているがゆえにつけられたものであるが、この著作の外国語訳は邦訳をも含めて、すべて『時間と自由』という題名を付している。

一七五 **バルネスによる西訳版……** ベルクソンの引用の訳は服部紀訳『時間と自由』（岩波文庫）に大筋において従ったが、文体の統一という観点から、かなり手を加えさせていただいた。なお一か所、ベルクソンの原文の actes indivisibles（分割できない行為）が actos individuales（個人的行為）となっている。バルネスの西訳をボルヘス自身がチェックしているというから、ボルヘスの意識的変更の可能性も考えたが（そして、西訳でも文意は成立するが）、ここはやはりフランス語原文に従っておいた。おそらく西訳者の思い違いであろう。

一七六 **『外界に関するわれわれの知識』一九二六年** Our Knowledge of the Extermal World の出版は一九一四年であるから、なにかの間違いであろう。

ウォルト・ホイットマンに関する覚え書

一八一 **ウォルト・ホイットマンに関する覚え書** これは従来『続審問』にも収録されていたが、最新の四巻本の全集 *Obras Completas*, Emecé Editores España, Barcelona, 1996 ではそこから削除され、『論議』のみに収められている。なお『続審問』において付されていたエピグラフ――「ホイットマンの作品はすべて熟慮と意図の産物である。」R・L・スティーヴンソン『人と書物考』（一八八二年）――は、『論議』にはもともと付されていない。

一八一 **ロードス島のアポロニオス** 前出註（二八七頁）参照。

一八一 **ルカヌス** ローマの詩人。三九―六五。『内乱賦』（通称『パルサリア』）の作者。

一八二 **カモンイス**　ポルトガルの詩人。一五二五？―八〇。叙事詩『ウス・ルジーアダス』の作者。

一八二 **ダンはピタゴラスの教義に従って魂の輪廻転生を**　ジョン・ダンの詩「魂の巡歴について」をさしている。

一八二 **フィルダウスィーはサーサーン朝の王たちの治世を**　イラン最大の民族詩人フィルダウスィー（九三四―一〇二五）の叙事詩『王書』をさしている。

一八二 **カスカーレス**　フランシスコ・デ・カスカーレス。スペインの歴史家、文芸評論家。一五六四―一六四二。

一八二 **グラシアン**　前出註（二八二頁）参照。

一八二 **バルビュス**　アンリ・バルビュス。フランスの作家。一八七三―一九五三。

一八三 **サー・エドマンド・ゴス**　イギリスの批評家。一八四九―一九二八。

一八三 **三番目は私自身の見解である**　ボルヘスは原註としてここに、「この版（『全集』第一巻）の二〇六ページ」と指示している。このページは本訳書の八〇―八一頁（「もうひとりのホイットマン」）に対応するが、当該の文章はない。

一八五 **ヴァテック**　イギリスの文人ウィリアム・ベックフォード（一七五九―一八四四）作の同名のゴシック小説の主人公。

一八六 **…普遍の空気**　以下ホイットマンの詩の引用はすべて酒本雅之訳（岩波文庫）による。

一九一 **ヴォルネ**　フランスの思想家。一七五七―一八二〇。フランス革命を理論的に弁護した。

一九三 **大理石も、金色の記念碑も…**　シェイクスピアの『ソネット』五十五の冒頭で、こう続く――

Not marble, nor the gilded monuments

Of princes, shall outlive this powerful rime;
（大理石も、王侯の金色の記念碑も
この力強い詩より長く生き残りはしない）

一九三 **ヘンリー・サイデル・キャンビー**　アメリカの批評家。一八七八—一九六一。

一九三 **マーク・ヴァン・ドーレン**　アメリカの詩人、評論家。一八九四—一九七二。

一九三 **フレッカー**　ジェイムズ・エルロイ・フレッカー。イギリスの詩人。一八八四—一九一五。

一九四 **《第三の人間》の議論**　本書「亀の変容」参照。

亀の変容

一九五 **ニコラス・クザーヌス**　ドイツの哲学者、聖職者。一四〇一—六四。

一九八 **最初の論駁**　アリストテレス『自然学』第六巻第九章参照。この論駁はボルヘスも指摘しているように極めて短いもの（岩波版全集で僅か四ページ）である。

一九八 **第三の人間説**　アリストテレス『形而上学』第一巻第九章参照。

一九八 **パトリシオ・デ・アスカラテ**　スペインの思想家。一八〇〇—八六。

二〇〇 **アグリッパ**　ドイツの神秘主義的哲学者。一四八六—一五三五。

二〇〇 **セクストゥス・エンピリクス**　三世紀初頭のギリシャの哲学者、医師。

二〇〇 **「彼に自分の解説を解説してもらいたいものだ」**　『文学評伝』におけるコールリッジの解説自体が解説なしでは理解できぬ、という皮肉である。

三〇一 **ヘルマン・ロッツェ**　ドイツの哲学者。一八一七―八一。『ミクロコスモス』において展開した宗教哲学、〝有神論的観念論〟で知られる。

三〇一 **ブラッドリー**　フランシス・ハーバート・ブラッドリー。イギリスの哲学者。一八四六―一九二四。

三〇四 **もし(a)と(b)と(c)が…**　「亀の変容」は『続審問』にも収録されているが、そこにおいては、このあとにさらに次の二行が入っている――

Y luego, ya con cierta resignación :

e) Si *a*, *b*, *c* y *d* son válidas, *z* es válida.

（それから、ある種の諦観をあらわにしながら言った――

(e)　もし(a)と(b)と(c)と(d)が正当であれば、(z)は正当である。）

三〇四 **ルヌーヴィエ**　フランスの哲学者。一八一五―一九〇三。

三〇四 **ゲオルク・カントル**　集合論の創始者として著名なドイツの数学者。一八四五―一九一八。

三〇四 **ゴンペルツ**　テオドール・ゴンペルツ。オーストリアの古典文献学者で哲学史家。一八三二―一九一二。

『ブヴァールとペキュシェ』の弁護

三〇九 **ゴス**　前出註（二九一頁）参照。

三〇九 **レミ・ド・グールモン**　前出註（二八九頁）参照。

三〇九 **エミール・ファゲ**　フランスの批評家。一八四七―一九一六。

二〇九 **ヘルチュノフ**　アルベルト・ヘルチュノフ。アルゼンチン（ウクライナからの移民）の作家。一八八四—一九五〇。

二三 **ヨハネス・ドゥンス・スコトゥス**　十三世紀末から十四世紀にかけて活躍したイギリスの哲学者、神学者。通称、精妙博士。

二三 **モクテスマ**　アステカ帝国最後の皇帝（在位一五〇二—二〇）。エルナン・コルテスの率いるスペイン軍によって征服される。

二五 **ラモン・リュル**　スペインのカタルーニャの哲学者。一二三五—一三一五。ラテン名はライムンドゥス・ルルス。

フロベールと彼の模範的な宿命

二八 **ジョン・ミドルトン・マリー**　イギリスの批評家。一八八九—一九五七。

三〇 **ランプリエール**　ジョン・ランプリエール。イギリスの古典学者。一七六五？—一八二四。

三五 **『老妻物語』『いとこバジリオ』**　『老妻物語』はイギリスの作家、アーノルド・ベネット（一八六七—一九三一）作。また、『いとこバジリオ』はポルトガルの作家、エッサ・デ・ケイロース（一八四五—一九〇〇）の小説。

三五 **ムア**　前出註（二八五頁）参照。

二二八　**レオポルド・ルゴーネス**　前出註（二七六頁）参照。

二二八　**『マルティン・フィエロ』**　アルゼンチンの詩人ホセ・エルナンデス（一八三四―八六）のガウチョの生涯を歌った長編詩。本書「ガウチョ詩」参照。

二二八　**リカルド・ローハス**　前出註（二七六頁）参照。

二二八　**イダルゴ**　バルトロメ・イダルゴ。ウルグアイの詩人。一七七八―一八二九。

二二八　**アスカスビ**　前出註（二七六頁）参照。

二二八　**エスタニスラーオ・デル・カンポ**　アルゼンチンの詩人、ジャーナリスト。

二二八　**パヤドール**　ガウチョの歌男の意。

二二九　**ミトレ**　バルトロメ・ミトレ。アルゼンチンの政治家、文人。一八二一―一九〇六。

二二九　**ガルシラーソ**　ガルシラーソ・デ・ラ・ベーガ。スペインの詩人。一五〇三―三六。

二二九　**『パウリーノ・ルセーロ』**　イラリオ・アスカスビ作のガウチョ詩。

二二九　**『ファウスト』**　エスタニスラーオ・デル・カンポ作のガウチョ詩。本書「ガウチョ詩」参照。

二三一　**…常に意識させずにはおかない**　実際、ホセ・エルナンデスは若い頃パンパで過ごし、ガウチョの生活に馴染んでいた。

二三二　**ルンファルド**　ブエノスアイレスの俗語。

二三二　**エンリーケ・バンクス**　アルゼンチンの詩人。一八八八―一九六八。

二三五　**リカルド・グイラルデス**　アルゼンチンの作家。一八八六—一九二七。

ノート

二四七　**ハワード・ヒントン**　イギリスの数学者。一八二二—七五。『ペルシャの王』等の小説も書いている。
二五三　**ラプラス侯爵**　ピエール・シモン・ラプラス。フランスの数学者、天文学者。一七四九—一八二七。
二五三　**リカルド・ローハス**　前出註（二七六頁）参照。
二五六　**ヨハンネス・スコトゥス・エリウゲナ**　前出註（二八三頁）参照。
二五六　**アルベルトゥス・マグヌス**　ドイツのスコラ哲学者、司教。一二〇〇頃—八〇。
二五六　**フランシス・ブラッドリー**　前出註（二九三頁）参照。

われわれの不可能性

二七〇　**クリオージョ**　本来的には新大陸生まれのスペイン人のこと。二七九頁の註「クリオジスモ」参照。
二七〇　**グリンゴ**　米国人やヨーロッパ人、とくにイタリア人を指す言葉。二八〇頁の註参照。
二七一　**『ハレルヤ』**　キング・ヴィダー監督作。

ボルヘスのユーモア——訳者あとがきにかえて

「このエッセーは、今ではとても脆弱に思われるので、この度の再版には入っていない。」これは一九三二年に上梓された『論議』の巻頭を飾っていたエッセー「われわれの不可能性」を、一九五五年版において削除したボルヘスの断わりである。どうしてボルヘスにはそれが「とても脆弱に思われた」のであろうか？　この疑問はボルヘス文学の特徴を考えるうえで、望ましい手がかりになるのではないかと思う。

ボルヘスがみずからの初期の作品には概して厳しく、そのいくつかの重版を拒んできたというのは周知の事実である。そこに土着的要素が濃厚であるがゆえに、それを抹消したかったのだという解釈がなされるかと思えば、ボルヘス死後の版権保持者であるマリア・コダマによれば、偉大なるボルヘスは完璧なものを求めるあまり、若書きの本に対して不当な評価を下した、ということになる。

おのれの若書きを読み直したボルヘスは、どうしてその一部を（もちろんすべてではない）、「脆弱」だと思ったのであろうか？　管見によれば、そこに見られる地方性、あるいはアルゼンチン的なるものに対する意識ゆえではない、少くとも、それが主たる理由では断じてない。というのも、すでに多くの論者が認めているように、土着性とかアルゼンチン性といった要素はボルヘス文学を貫通するものであって、彼は終始コズモポリタンであると同時にラテンアメリカ主義者であり続けたからである。ぼく自身も、今からちょうど四半世紀前に、「もうひとりのボルヘス——もしくはフアン・ダールマン」と題する小文において、形而上学的な迷宮の作家として喧伝されているボルヘスの、普遍性に密着して見られる宿命としてのアルゼンチン性といったものを論証したことがある。

地方色や土着臭が「脆弱」の理由でないとするなら、ボルヘスが嫌がった（そして、おそらくは羞恥心さえ覚えた）のは何ゆえであろうか？　それはあくまでも文体にかかわることであって、てっとり早く言えば、ユーモアの欠如である、というのがぼくの見解である。現行の諸版には収録されていないものの、参考のために本書に訳出しておいた「われわれの不可能性」を読めば明らかになると思うが、やはりこの文章はボルヘスらしくない。いかにもアグレッシヴで、直線的で、余裕がないのだ。アルゼンチン人の想像力の貧困と恨みがましさといった欠点を、歯に衣着せずにあげつらっているこのエッセーは、単純にして滑稽な例をいくつかあげているので、端的に笑止ではあるが、上等な（とはすなわち文学的な）ユーモアとは異質のものである。言ってみれば言葉が強い̇が̇ゆ̇え̇に̇「脆弱」なのである。さらに言えば、ユーモアをかきたてるアイロニーの機能という文体力学（例えば、〝強がりは弱さの反映〟、〝負けるが勝ち〟的な関係）にまで意識が及んでいなかったのだ。

ボルヘスに「誹謗の手口」という一文がある（『永遠の歴史』に「覚え書」の一つとして収録）。ここで彼は、例えば、ことさら先生《ドクトル》という敬称を奉ることは相手を全面的に貶めることであるといった、非難や揄揶におけるアイロニーの効果を論じている。例によって、そこにはボルヘス一流の知的煙幕が張りめぐらされているが、思い切り平たく言えば、いわゆるほめ殺しのテクニックのことであり、遠回しの婉曲的なもの言いが必要でもあれば効果的でもあることを唱えている。

ボルヘスはもともとアイロニカルなユーモアに富んだ作家であったと思われるが、この「誹謗の手口」を書いたあたりから、諷刺の文体、あるいはアイロニーの機能というものに意識的になったのではなかろうか。ちなみに、これが書かれたのが一九三三年であり、件の「われわれの不可能性」は一九三一年の作品である。こうした意識をわがものにした作家が後になって読み返し、いかにも強面《こわもて》の「われわれの不可能性」に赤面し、それを除去したくなったとしても、それはむしろ当然であろう。

ボルヘスは対話の名手であるといわれる。実際、実に多くの対談に応じているが、それらは総じて、いかにも調子がいい。ボルヘスが反論することなどまずなく、すべてを受け入れるといった意味においてである。もちろん、こうした対談の大半がボルヘスの世界的声価が確立してからのものであってみれば、作家の側の精神的余裕がそうした対応を可能にしているという事情もあろうが、やはりそこに作家ボルヘスの発話された文体を、さらに言えば、その文体にこめられた、彼の一定方向の意識を認めるべきであろう。

ぼくの見るところ、ボルヘスは聞き手の知的レベルや性向を見抜いたうえで、相手の調子に合わせているのであって、その際の当意即妙の会話こそ彼の真骨頂なのである。言ってみれば、彼は真顔で対話の相手を、自在にそして真摯にもてあそんでいるのであり、そうした対応は時として辛辣なアイロニーとなりうる。例えば、ブエノスアイレス在住のフランス人、ジャン・ド・ミレーとの対談（一九六七年）がそのようなものである。

この対談においては、フランスがボルヘスを発見したこと、それなくしては彼は今でも無名の作家だったであろうということが話題の中心のひとつをなしている。（ボルヘスが二十年代のスペインにおける最も重要な前衛詩人の一人であり、三十年代には国際的な雑誌「スール」の定期的な寄稿者であり、短篇作家としてはその作品が早くも一九三九年に仏訳されていたという事実にもかかわらずである。）このような事実に対する無知とあきれたショーヴィニスムまる出しの無邪気なインタビューアーは、ボルヘスのごとき高踏的な文学の真価を認めたのはフランス人であって、スペイン語国民には無理であった、そしてそれはフランスの文化の優越性を示すものであり、パリは伝統的にそうした役割を果たす都市であった……と高揚した口調でまくしたてる。

するとボルヘスは、相手の発言をその都度肯定しながら、繰り返し自分がフランスに、フランス人の翻訳者たちに多くを負っていることを認めつつ、時おりさりげなく、例えばこんな言葉をさしはさむ——「あなたのおっしゃるとおりです。確かにネストル・イバーラはフランス人ですね、フランスで生まれたのですから。」ネストル・イバーラとは言うまでもなくボルヘスの仏訳者であるが、正確に言えば、彼はフランス生まれの、バスク系アルゼンチン人なのである。

このように応じることによってボルヘスは明らかに、いずれその対談を読むであろう、ものの分かる読者に目くばせをしている。相手の馬鹿げた愛国心に対し、胸の内では苦笑しながらも、まじめな顔を崩さない作家は、読者に向けてアイロニーを発信しているのであり、まともな読者はそれを認めてユーモアを感得することになるのだ。ユーモアとはこうしたものであって、なんらかの記号として発信されるアイロニーと、それを感じとる記号受信者、例えば読者との共同作業によって形成される、あるいはその場に発生するものなのである。

かつて辻邦生は、「私はボルヘスを読むと、庭で、いたずらを仕掛けた男の子が、澄んだ声で笑っているような印象を受ける」と言った。またフーコーは名著『言葉と物』の誕生の契機を、ボルヘスのあるテクスト（「ジョン・ウィルキンズの分析言語」における動物の分類法）を読んだ折に催した笑いに置いている。辻もフーコーもボルヘスの発した（一般の読者には気づかれることがなかったかも知れない）アイロニーを十全に受けとめて、そこにユーモアを認め、時としては哄笑をさえ発しているのだ。にもかかわらず、ボルヘスには一般に、数理哲学を好み観念論をもてあそぶ、いかめしくも冷徹な作家というイメージが強くあるものだから、読者は彼のテクストを前にすると勢い身構えて窮屈になり、ユーモアを味わう精神的余裕を失ってしまう。（なるほどボルヘスのスペイン語はいろいろな意味で独特であり、決して平易ではないので、特に非スペイン語国の読者にとっては語学力の問題も大きく立ちはだかることになるが……）。

昨年、『ボルヘスにおけるユーモア』という研究書を発表したスペインの学者レネ・デ・コスタなど、「ボルヘスの作品はすべてユーモアの文学的可能性の探求に向けられている」と言い放っている。まあ、この発言はいささかオーバーにすぎるものの、ぼくもアイロニー／ユーモアこそボルヘス文学の一つのコンスタントであるとは主張したいと思う。それでは『論議』のなかからいくつか例をあげて、ボルヘス的アイロニー／ユーモアの一端に触れてみよう。

「……リカルド・ローハス先生（彼の著したアルゼンチン文学史はアルゼンチン文学そのものよりも長大である）の……」（本書二五三ページ）。これは文章のほんの一部にすぎないが、さりげなくも辛辣であり、しかもそこはかとないユーモアが感得できるのではなかろうか。ローハスというのはボルヘスと同時代の権威ある学匠詩人であるが、彼に「先生《ドクトル》」を付しているのは先に言及した「誹謗の手口」の実践であろう。そしてアイロニーの射程は、ローハスの著書が長たらしくも空疎であること、さらに、アルゼンチン文学には論ずるに値するものなどそれほどない、というあたりにまで及んでいるのである。

　周知のようにボルヘスの作品には、短篇やエッセーといったジャンルを問わず、文学自体をその基盤としているものが多い、というよりは、むしろそれが主体である。それゆえ、文学者の衒学、無知、傲慢さなどに対する揶揄も頻繁に見られるが、上に挙げたのもその一例と言えよう。

「私はまた、ある場末の男が私に、重々しい口調でこう言ったのを忘れることができない――『セニョール・ボルヘス、俺はこれからも何度も監獄に入ることになるだろうが、それはいつでも人殺しのせいさね』」（本書五八ページ）。これは、いわば倫理的価値の転倒とでも呼ぶことのできるパターンである。監獄に入るけど、それは無実の罪によるものだ、というなら、論理の方向は尋常であろうが、それを人殺しゆえであることを自慢するかのような口調で言うといった倫理の転換である。歴史上の名だたる悪人たちを主人公として見事な本を作りあげている『汚辱の世界史』など、大きくゆるやかに言えば、このパターンの体系的な実践と見なすこともできるであろう。

さらに目につくのは、いわゆるノンセンス・ユーモアである。ボルヘスを謹厳実直な文士と思いこんでいる向きには意外であろうが、これがかなりあるのだ。例えば——「ある過ちが無限の存在たる神に背くものであるがゆえに無限であると論じるのは、神が聖なる存在であるがゆえに過ちも神聖であると主張するようなものであり、虎に対して加えられた侮辱は縞模様であるに違いないと言い張るようなものだ」(本書一五三ページ)。これなど確かに駄洒落の一種には違いないが、やはりそこにボルヘスならではの風格を認めざるを得ない。

『ボルヘスとの対話』のなかでジョルジュ・シャルボニエは、読者が論理的であればあるほど、数学的であればあるほど、ボルヘスの作品を読んだときの笑いは凄まじいものとなる、といった発言をしている。『論議』の例えば次のような個所は、そのような読者の笑いを誘うところではなかろうか。ボルヘスの大好きなエレアのゼノンの逆説のひとつ、アキレスと亀の競争の場面である。

亀より十倍速く走れるアキレスが、十メートルのハンディキャップを負って同時にスタートする。アキレスがその十メートルを走ると亀は一メートル進む。アキレスがその一メートルを走ると亀は十分の一メートル進む。アキレスがその十分の一メートルを走ると亀は百分の一メートル進む。アキレスがその百分の一メートルを走ると亀は千分の一メートル進む……こうして無限に続くがゆえに、アキレスはいつまでたっても亀に追いつくことができないのであるが、その時ボルヘスはこう付け加えることを忘れない——「それに走者たちだって、視界がぐんと縮小してしまうだけでなく、彼らの占める場所が顕微鏡的な規模にまで達するという驚嘆すべき縮小ゆえに、この上なく小さくなってしまうということを忘れずに認めることにしよう」（本書一七三ページ）。それにしてもなんと愉快な観察であろうか。ゼノンの逆説がかきたてる無限の感覚を楽しむために、英雄のアキレスをも目に見えないほど小さな存在にしてしまおうというのだから。

既にすべてが言われ書かれてしまっている以上、文学は記述の芸術というよりは読みとり＝解釈の芸術であり、作家はすなわち読者であるというのはボルヘスの持論であった。であるとするなら、上に挙げたような、荘重さの中における軽み、あるいは剽軽さといった形のユーモアは彼の読みとりにも見られるはずであろうが、次の例など、その一端を示すものであろう。

『囚われのテクスト』（一九八六年）と題する書評集を構成する一篇に、カフカの『審判』を論じた、わずか一ページのものがある。そこでボルヘスは、人はカフカというとそこにたちこめている悪夢のごとき重苦しさばかりを論じるが、それが不可欠というわけではないと断った上で、法廷となっている部屋の天井があまりにも低いものだから、その場に集った人びとがまるでせむしのように背を丸めていること、そしてなかには、天井に頭をぶつけないようにとクッションを頭にのせている者もあるという、ユーモラスなその場の光景に目を注いでいるのだ。

おそらくわれわれはボルヘスを読むとき、その博識と独特の語り口によってかもし出される晦渋さ（七〇年の『ブロディの報告書』あたりから、これはぐっと薄らぐことになるが）の端ばしにちりばめられた軽みを楽しむ必要があろう。そして肩の力を抜いて、ユーモア作家ボルヘスの側面をも味読すべきなのである。

これはボルヘス自身が「自伝風エッセー」（拙訳『ボルヘスの世界』所収）のなかで述懐している

ところであるが、あの「バベルの図書館」に記された本や書棚の数は彼の身のまわりにあったもの、すなわち彼が勤務していた市立図書館のそれを借用したにすぎないのに、「犀利な批評家のなかには、そうした具体的な数字に頭を悩ませ、ご丁寧に神秘的な意味を付与している者もある」という。

こういう面倒な読み方をやめて、もっとゆったりと熟読してみよう。すると、いろいろおかしなところが見えてくるのではなかろうか。まず「バベルの図書館」の冒頭でその形状を述べているところ。それは無数の階からなっていて、そこに置かれた本棚の「高さは各階の高さと同じであり、普通の図書館員の背丈とほとんど変らない」という。これはまたなんと低い部屋であることか！背の高い人なら頭が天井につかえてしまうということではないか！ ここにカフカ『審判』の法廷の影響が及んでいることはまず間違いなかろう。（ボルヘスは内心クスクス笑いながら書いたのではなかろうか。）

さて、五百年前にこの図書館のある階の主任が奇妙な本を見つけたという。それを解読係に見せると、彼はそれがポルトガル語で書かれていると言い、別の係はイディッシュ語で書かれていると言う。一世紀を経ずしてその言語の正体が突きとめられたが、それは「古典アラビア語の語尾変化を有する、グアラニー語のサモイエド＝リトアニア方言であった」。

われわれはこのような文章を前にしても、やはりボルヘスの該博な学殖に驚嘆し、畏怖すべきであろうか。それはない。ここはどうあっても吹き出すべきである。（ボルヘスは間違いなくニヤニヤしているのだから。）専門の解読係の判断が、ポルトガル語と東欧のユダヤ人の使用するイディッシュ語に分かれたというのもまずもって噴飯ものであるが、一世紀たって解明された言語というのが奇想天外にすぎるのではないか。グアラニー語というのは南米パラグアイのインディオが使用する言葉であり、サモイエドとはエスキモーの言葉、そしてリトアニアとはいうまでもなく旧ソ連邦の一共和国であってみれば、まったくべらぼうな話である。（ボルヘスは笑いをかみ殺せないでいる！）

さらに、図書館員たる「わたし」が最良とみなす本の題名があろうことか、『くしけずられた雷鳴』、『石膏のこむら返り』、そして『アクサクサクサス・ムレー』とくる。（戯れのボルヘスは上機嫌！）

最後にこの短篇のなかで、ぼくがよく理解できない個所をひとつ書きつけておきたい。これまた図書館の形態を述べている出だしの部分である。図書館のホールの右と左に極めて小さな部屋があって、「ひとつはやっと立って眠れるほどであり、もうひとつはなんとか用を足すことができるほどの部屋である」。「やっと立って眠れる……」Permite《ペルミーテ》 dormir《ドルミール》 de《デ》 pie《ピエ》とは、ただ単に横になって眠ることのできないほど狭いという意味なのであろうか、それとも何か別の意味がこめられているのであろうか？

もはや作者に訊ねるわけにもいかず、ただ想像するしかない。しかし数日前、ぼくが白昼夢でボルヘスに質問したところ、「そりゃ君、dormir《ドルミール》 de《デ》 pie《ピエ》というのは文字どおり「立って眠る」ということで、別に深遠な意味などありませんよ、ハッハッハ」という答が返ってきた。いや「そりゃ君」ではなく、たしか「そりゃあなた」であった。

＊　＊　＊

本書は Jorge Luis Borges, *Discusión*（一九三二）の全訳である。底本には *Obras Completas I*, Emecé Barcelona, 1996 を使用し、そのほかの版を随時参照した。『論議』所収のエッセーにはかなりの数の既訳があるが、それらも参考にさせていただいた。土岐恒二、鼓直、中村健二、木村榮一の各氏に謝意を表したい。

すでに述べたように、『論議』の初版には収録されていた「われわれの不可能性」は、一九五五年の再版以降、削除されたままになっていてぼくの手元にもなかったのだが、翻訳に際してそれをすぐに用意してくれたのが若い友人の内田兆史氏であった。ボルヘスのことなら何でも知っている氏のような友人が傍にいるのは、実に心強くもありがたいことである。

それから、この翻訳を強く勧めてくれたのが国書刊行会編集部の礒崎純一氏で、もはやほとんどボルヘス研究者の域に達している氏の適切なアドヴァイスは、本書の成立に実質的な役割を果している。心よりお礼申しあげたい。

本書を皮切りに、いよいよ《ボルヘス・コレクション・全七巻》が出発する。昨年生誕百周年を迎えたボルヘスの新たな世紀に向けての望ましい企画だと信じるが、このコレクションによってわが国におけるボルヘスの読みが、より地に足の着いたものとなることを切に願っている。

二〇〇〇年初夏

牛島信明

訳者略歴＊牛島信明（うしじま　のぶあき）
1940年生れ。東京外国語大学教授。主要著訳書――『スペイン古典文学史』（名古屋大学出版会）、『反＝ドン・キホーテ論』（弘文堂）、セルバンテス『ドン・キホーテ』（岩波書店）、『模範小説集』（国書刊行会）、パス『弓と竪琴』（国書刊行会）ほか。

ボルヘス・コレクション
論議《ろんぎ》

二〇〇〇年一〇月二〇日初版第一刷印刷
二〇〇〇年一〇月二三日初版第一刷発行
著　者　ホルヘ・ルイス・ボルヘス
訳　者　牛島信明
発行者　佐藤今朝夫
発行所　株式会社国書刊行会
東京都板橋区志村一―一三―一五
電話〇三(五九七〇)七四二一
印　刷　明和印刷株式会社
製　本　河上製本株式会社
ISBN 4-336-04291-8
http:// www.kokusho.co.jp.